王昕朋小说精选集

王昕朋 编

王昕朋笔下的
精神文化

作家出版社

图书在版编目（CIP）数据

王昕朋小说精选集 / 王昕朋著 . -- 北京 : 作家出版社，2022.3
ISBN 978-7-5212-1522-9

Ⅰ.①王… Ⅱ.①王… Ⅲ.①小说集 – 中国 – 当代
Ⅳ.①I247

中国版本图书馆 CIP 数据核字 (2021) 第 185010 号

王昕朋小说精选集 · 王昕朋笔下的精神文化

编　　者：王昕朋
书名题字：王　蒙
责任编辑：赵　莹
装帧设计：鸿儒文轩
出版发行：作家出版社有限公司
社　　址：北京农展馆南里 10 号　　邮　　编：100125
电话传真：86 – 10 – 65067186（发行中心及邮购部）
　　　　　 86 – 10 – 65004079（总编室）
E – mail: zuojia@zuojia. net. cn
http: // www. zuojiachubanshe. com
印　　刷：唐山嘉德印刷有限公司
成品尺寸：170 × 240
字　　数：210 千字
印　　张：14.25
版　　次：2022 年 3 月第 1 版
印　　次：2022 年 3 月第 1 次印刷
ISBN 978-7-5212-1522-9
总 定 价：968 元（全十一册）

目　录

一、长篇小说评论

二、中篇小说评论

一、长篇小说评论

（1992 年 4 月中国文联出版社出版）

当代女娲：高蹈着灾难创建未来

——长篇小说《红月亮》阅读感言

古耜

　　洪荒远古，焰卷水漫，地陷天塌，一位勇敢的女性傲然挺立，"炼五色石以补苍天"，"积芦灰以止淫水"，于是海山复位，日月常新……这便是流传了几千年的女娲补天的神话故事。

　　历史跨入了 20 世纪 90 年代，青年作家王昕朋在他的长篇处女作《红月亮》里，为我们讲述了一群当代女娲的"补天"故事：20 世纪 70 年代后期，一次意外的涵洞塌方，夺走了沈家塘绝大多数成年男人的性命。这对于活着的女人们来说，实在不啻于地陷天塌，她们哀肠寸断，痛不欲生；有的因生活无望而远走他乡，有的因精神崩溃而投塘轻生……然而，以丫头娘为首的沈家塘女人，终于揩干了眼泪，昂起了头颅，以东方女性特有的坚强意志、执着精神和吃苦耐劳的天性，同命运和困境展开了混合着愚昧与崇高的不屈抗争，最终在新时期农村改革大潮的推动下，凭借孱弱的双手托举起了属于自己的一片苍穹……

　　这是一个交织着悲凉与悲壮的故事；

这是一个嫁接着失望与希望的故事；

这是一个启人心智、引人深思的故事；

这是一个感人肺腑、强人筋骨的故事。

20世纪80年代以来，许多具有强烈社会责任感的作家，不约而同地将艺术瞳孔对准了当代中国农民的命运与遭际，力求通过一种冷峻而痛楚的情节叙述，完成对某种民族精神的剖析与批判。如果从一个民族意欲自强自立须当首先自察自省的角度看，这不仅无可非议，而且殊应珍惜。但是，倘若从文学作品理应全面地、立体地、准确地把握对象、表现生活的意义讲，它又难免有几分偏颇、绝对和浅薄之嫌。特别是当这种剖析与批判因作家观念的倾斜而成为一种时髦、一种定式时，其艺术形象的扭曲和生活本真的丧失，更是势在必然。因为，在真实的历史与现实中，任何一个民族的精神个性，相对于该民族在特定条件下生存发展的客观需要来说，都是既有相互适应的一面，又有彼此龃龉的一面，用这些年来流行的术语表达，便是既有"优"根的成分，又有"劣"根的因素，文学作品如果一味热衷后者而无视前者，那么，它留给读者的只能是一个被有色眼镜过滤过的单色调的形象世界。不知是不是出于对此种创作倾向的自觉调整，《红月亮》明显选择了另一种审美基调与价值取向，这就是在笔酣墨饱的苦难状写和厄运展示中，凸显人性的亮色、民族的"优"根和生活的希望与美好。读过这部长篇的同志大约谁也不会忘记，沈家塘那一群女人所经历的种种磨难与煎熬：劳而无功的开河工程，使她们的丈夫在一瞬间命赴黄泉，留下来的是贫瘠的山坳、艰难的生活和一个个亟待果腹的老人与孩子。此时此刻，她们多么需要抚慰和援助啊……迫于生计，她们毅然开始命运的自救，只是这条道路同样曲折而坎坷，为此她们承受了一般女性难以承受的超强度、超负荷的痛苦劳作，同时还咽下了封建社会旧传统、旧道德在自己头脑里酿成的冥顽愚昧的精神苦果……诸如此类的描写无疑悲怆而沉郁，但是，它并不使人悲观和沉沦。这是因为，在整部作品中，苦难和厄运并非孤立的、唯一的存在，相反，它只是一种背景、一种条件，而沈家塘的女人们正是在这特殊的背景与条件下，实现了人格的腾跃与精神的升华：丫头娘为了带领全村人走出窘困与悲伤，历尽艰辛，无私奉献；瞎老太太面对不公正的欺压，忍辱负重、高风亮节；曾经为不幸婚姻而抗争的小巧，偏偏在灾难面前放弃了爱情的新生；原本无知无识的洪大硬是在生存的苦斗里练就了是非感和正义性……总之，是苦难和厄运浇铸成了沈家塘大写的生命。这样一种主题选择和情节构架是颇见匠心功力的。它不仅把一个充盈着民族正气、熠耀着时代光华的艺术群像，极有深度和力度地凸显了出来，由此使读者受到了精神的震撼和灵魂的洗礼；而且在艺术具象的浮雕中，巧妙而又自然地浓缩了某种隐喻和象征，从而引发着人们跨越时空的思考。在世界近代史上，似乎还没有哪一个民族像中华民族这样多灾多难；也没有哪一个民族像中华民族这样，从不在灾难中沉沦，而是于灾难中崛起；这种罕见的灾难承受力和抗压力，正是中华民族生生不息、坚韧前行的重要原因所在。

与以上丰厚而深邃的精神蕴涵相协调，《红月亮》在文本叙述和艺术表现上亦有自己的鲜明特色，约略来说，可以举出以下两点：

首先，正如《红月亮》上下两部的标题所示，该著有一个由"走出悲伤"到"走进希望"的故事走向。这让庸笔写来，很容易落入曲终奏雅"大团圆"的窠臼；然而经昕朋处理，却基本避免了这种缺憾，而代之以生活原本就是如此的真实感。究其原因则在于作家展示纷纭多姿的艺术画卷，不是从概念出发，机械地、生硬地添一个光明的尾巴；而是遵循生活的应有规律和人物的性格逻辑，一丝不苟地写出生活的全部复杂性和曲折性，毫不夸饰地再现人与历史的美好前景和走向如此前景的艰难历程，最终揭示光明何以战胜阴霾的真谛所在。具体到作品的形象实际来看，沈家塘的女人们最终对苦难的征服与超越，既不是某位"青天"的慷慨施舍，亦非某种机遇的天然恩赐，而是人类经过生命创造和命运搏战后的应有归宿，是一种顺应了社会前进方向的历史必然，而此种征服与超越，既非一帆风顺，亦非一蹴而就。相反，它的悲剧与崇高相缠绕，回旋与进取相交织，困惑与清醒相消长，朗然呈示了置之死地而后生、绕千遭终归海的艺术态势。如此这般的形象特点和审美追求，无疑使整部作品的情节构架和人物世界，具备了相当充分的合理性和可信性。

其次，作为一部基本上是以传统手法写作的长篇小说，《红月亮》很讲究情节的跌宕多姿和叙述的曲折有致。全书一开始，作家就以全村妻子期待丈夫，而多数人家丈夫命丧河床这样突如其来的大事件，把读者带进了悲恸而紧张的艺术氛围；接下来，作家设置了"挥泪立规约""买芋秧风波""二柱红英婚恋""学打锤掏闸口""分田包产""入城就读""小芹失足""走出山村"等一系列或感人肺腑或动人心弦的故事情节，给读者一种一波未平、一波又起、波波相连而又相生的阅读快感；而在情节与情节、事件与事件之间，作家则驱动简约但不乏力度的笔墨，穿插描写了丫头娘和田师傅情感河流的流潏起伏与抑扬变化，从而使作品不仅在场景转换上摇曳多姿，而且于叙述节奏上弛张相宜；整个故事在沈家塘光明未来初露端倪时戛然而止，亦十分高妙，它将应有的想象空间和回味余地留给了读者。总之，成功的情节和叙事艺术，是《红月亮》美的魅力的又一重要来源。

毋庸讳言，《红月亮》作为青年作家初试长篇的结晶，亦有着显而易见的不足之处。这里我只讲一个叙事学上的问题，即该著将"见事眼睛"放在一个从不满十岁到十几岁的女孩子——"我"——的身上是一种失策。一方面，处于这样年龄段的女孩子囿于阅历，很难完全投入并理解沈家塘人的非凡经历。尤其是难以真正把握其母辈在诸多问题上的情感和心理流程，这无形中使作家的叙述陷入了欲详不能的困境，目前作品中出现的人物、场景描写用墨不足、深度有欠的缺憾，不能说与此没有潜在的关系。另一方面，作品既然是透过女孩子的眼睛来看世界，那么便必须用同一角色的口吻来叙述，这就平添了一个长篇小说很不易把握的笔调经营问题，坦白地说，作品现在的水平是不能让人满意的。我曾想，昕朋在写第一人称的长篇准备不足的情况下，把作品改为第三人称的客观叙述，或许能省却不少气力，同时更具有一种"信史"风度。

《团支部书记》评论

（2008 年中国画报出版社出版）

一部催人奋进的作品

——推荐长篇小说《团支部书记》

常青

最近，读了作家王昕朋所著的长篇小说《团支部书记》，感触颇深。这部第一次以外出务工青年回乡创业为背景，反映八〇后和九〇后农村青年生活经历和精神情感的现实主义作品，散发着一种昂扬向上的气息，读后让人感觉荡气回肠、心潮澎湃。

近年来，我们的文学作品大多表现出单一的生存和文化诉求。尤其是反映八〇后九〇后青年生活的作品，更是过多地强调以自我为中心，宣扬人生苦难和消费主义，让人读了增加精神的沉重负担和审美疲劳。有很多青年朋友对我说，怎么看不到《青春之歌》和《人生》那种发人深省、催人奋进的作品了？因此，从这个意义上说，《团支部书记》填补了近年来这方面文学创作的空白。

《团支部书记》是一部当代年轻人的创业史。书中的主人公、九龙沟村团支部书记常菁菁，以及她的伙伴们，与父辈或者再上一代农村青年的不同之处是，大都有城市生活的经历。常菁菁、李小芬、冯俊才、华联产、秦晖、蕾蕾在北京和深圳还有着自己的事业或爱情，有的还有稳定的收入。他们已不再是传统意义上的农民，而是都市新人类，他们已经完全融进了城市。城市赋予了他们崭新的生存技能和生活理念，他们与曾经生活过的乡村，除了感情的维系，更多了一种理性的关注。在经历了爱情的纠葛、事业的挫折、亲情的叛离之后，理性告诉他们应该放弃，应该回到让他们如鱼得水的城市的时候，感情成了他们说服自己的理由，也成了坚持的理由。

对于为什么放弃在城市多年的打拼，为什么放弃令人羡慕的职位、丰厚的收入，甚至美满的爱情回乡创业，作者并没有回避，除了充分地展现人物内心的痛苦和挣扎之外，还进一步探究了地域人文的微妙差异，为我们提供了文化层面的思考。

作者不动声色地把我们带入由几十个年轻人组成的群体，让我们成为他们中的一员，我们不由自主地跟着他们高兴、跟着他们忧伤、跟着他们愤怒、跟着他们着急、跟着他们为那个叫作九龙沟的乡村的命运担忧。这就是这部作品的力道。作者并不满足止步于人物的心路历程和命运，而是固执地在时代与人物的作用点上掘进，就像小说中那个近乎疯狂地想炸开小煤窑矿口的村委会主任马坡一样。马坡的疯狂是极具破坏力和毁灭性的，但作者的固执是成功的，作者成功地在时代与人物的作用点上掘出了一个多面的世界。

在作者向我们展示的多面的世界里，我们认识了常菁菁这个既是都市白领，又是乡村的创业者；既是农民，又是都市里的时尚女孩的复合人物。我们无法以传统的方式给常菁菁这个人物的身份定位，常菁菁无疑是这个时代的跨界人物。我们同样也无法给嘴比刀子还快的李小芬定位，更无法给出身富商世家却身无分文独自创业的冯俊才定位，作者不经意间让我们从比猴还精、比驴还壮却一身正气的冯俊才身上看到了温州商人成功的基因。人物的复合性是这部小说好看的重要元素之一。

在这个多面的世界里，沈耀是一个同样耐看的人物。作为一个富甲一方的成功商人，除了拥有亿万资产，沈耀还拥有与之匹配的呼风唤雨的能力，他把常菁菁和村委会主任马坡当作手中的两张牌，把九龙沟当成玩弄于股掌之间的牌局的同时，也从常菁菁身上找到了他所希冀的真情。他苦苦追求常菁菁却屡遭婉拒，他本是知识分子出身却经常要表现得像一个土豪，他坦诚做事却屡屡被人疑为圈套，他老是说实话却很少说真心话。作者并没有刻意在沈耀身上施以浓墨，却让他灵动鲜活地站在我们身边。

作者着墨更少的是外号"刘日本"的地方父母官，在文学作品中，这种角色是最容易脸谱化的，也是最让作者尴尬的。但王昕朋笔下的"刘日本"却让人惊喜之余格外沉重，作为县长的"刘日本"竟然给自己贴上了"好色"的标签。"刘日本"用这种"自残"的方式保护的恰恰是官员最为重要的本质上的清廉，虽然他很难做到。

与常菁菁这些年轻人形成强烈对比的人物是村委会主任马坡。马坡很复杂，你完全可以说他是恶棍，是黑势力的代表，他通过贿选的方式当上了村委会主任，企望施展的是他畸形的政治抱负。作者并没有停留在这里，作者以一个作家应有的良知剖开了马坡的病因，出身"四类分子"家庭的马坡，在他成长的各个阶段承受了太多太多的重压，一个灵魂就在这种重压下扭曲了、变形了。马坡是一个牺牲品。

另一个重要的人物让人不得不肃然起敬，那就是九龙沟党支部书记康爷爷。在九龙沟半数以上的党员外出务工、仅剩老弱病残的党员在家留守的情况下，康爷爷的党支部也像留守的党员般变成了老弱病残。面对通过贿选当上村委会主任的马坡，作为党支部书记的康爷爷只有紧紧地把住党的大门，九龙沟党支部的大门棍棒打不烂、刀子捅不烂、金钱烧不坏，康爷爷把他的党支部锻成了金刚之身。这种孤军奋战的悲壮既闪耀着人文的光芒，又发人深省。

和作者的其他作品一样，《团支部书记》同样有着醇厚的生活韵味。作者一定有一个农村和农民的情结，这在他之前的另一部长篇《天下苍生》中得到了证实。作者以一种亦庄亦谐的方式，把几十个性格鲜活的人物拎到前台，如果没有深厚的生活和独有的关爱，这是不可想象的。

毫无疑问，《团支部书记》是一部主旋律作品，整部作品表现出一种昂扬向上的独特气质。在以常菁菁为代表的一群年轻人身上，我们看到了燃烧的激情；在康爷爷身上，我们看到了忠诚和悲壮的坚持；在沈耀身上，我们感受到了深陷羁绊却竭力向善的努力；在"刘日本"身上，我们看到了苦苦的挣扎。同时，我们更看到了作者的关爱和善良。

作为主旋律作品，《团支部书记》还提出了更加深层的思考，那就是农村基层政权的建设。农村正处在一个剧烈的经济转型时期，各个利益团体的政治诉求也同时以各自不同的方式表达出来。这是时代进步的表现，也是国家政治开明的表现。但马坡式的村委会主任并不是一种文学的需求，也不是现实生活中绝无仅有的个案。同时，我们也清楚地看到，常菁菁式的回乡创业者，在现实生活中越来越多，渐呈磅礴之势。第二代农民工、农民工二代已经呈现出前所未有的多元化趋势，或融进城市，或返乡创业，正在成为我国经济建设的主流和主体。

新时代的青春之歌

孟黎

作家王昕朋推出的长篇小说《团支部书记》，是我国第一部以农村外出务工青年回乡创业为背景的长篇小说，第一部正面反映当代农村青年生活经历和精神情感的长篇小说。小说热情歌颂了以常菁菁为代表的一大批当代农村青年咬定青山不放松、坚定不移谋发展的创业精神，同时深刻揭示了当代中国农村的深层问题，真实地再现了中国农民或说青年农民在生存、生活、情感、理想、观念上的种种困惑、思考和创造精神，勾画了一幅有较高艺术品位的农村人物百态图，特别是成功塑造了常菁菁这一新时代的农村外出务工青年回乡创业的典型形象，给人耳目一新之感。应该说，《团支部书记》是当代农村题材长篇小说创作的又一次突破。

20世纪50年代初期，革命历史小说《青春之歌》之所以一经问世便声誉与日俱隆，就因为作者提炼出了一个革命的思想主题：一切知识分子，只有把个人前途同国家民族的命运、人民的革命事业结合在一起，投入时代的洪流中去，在改造客观世界的同时不断改造自己的主观世界，才有真正的前途和出路，也才有真正值得歌颂的美丽的青春。《团支部书记》的意义在于它同样也揭示出了深刻的道理，即从改革开放揭开历史序幕的那一刻起，广大青年就应该积极投身改革开放的时代洪流。伴随改革开放的大潮，把青年的积极性、主动性和创造性最大限度地焕发出来，把青年的建设热情和创造活力最大限度地激发出来，敢于排除前进道路上的风险和障碍，勇于冲破体制转型过程中的禁锢和束缚，为推动我国的创新实践和改革进程作出了重大的贡献，在中华民族自强不息、顽强奋进的新征途中谱写了壮丽的青春篇章。

《团支部书记》中的主人公常菁菁，是王昕朋以真挚的感情、浓重的笔墨成功地塑造的一个重要人物形象。在京务工农村基层团支部书记常菁菁，假日回乡期间，亲眼目睹了家乡旅游开发混乱无序，生态遭到严重破坏，基层党团组织似有却无，特别是村里黑恶势力猖獗，广大百姓深受欺凌……心里十分痛苦。经过反复思虑，常菁菁不顾家人和男友的极力反对，毅然决定放弃自己在京城多年打拼获取的地位和待遇，回家乡带领父老乡亲搞旅游开发。在创业的过程中，常菁菁可以说屡受磨难。打着旅游开发旗号实则图谋开采小煤窑的村委会主任马坡，为了达到自己的目的，三番五次唆使人对她和她的伙伴进行人身攻击，甚至铤而走险雇佣黑恶势力大打出手。常菁菁和伙伴们抱定建设家乡的信念，不屈不挠，发愤图强，在村党支部和上级团委的支持下，终于打开了新农村建设的广阔局面……作家是怀着满腔热忱和热爱的心情来写这一人物的，艺术上也用了典型化的手法，因此人物形象刻画得颇为成功，是近年来农村题材和青年题材文艺作品中不可多得的一个光彩夺目的重要艺术形象！马克思在赞誉《人间喜剧》时说巴尔扎克"用诗情画意的镜子反映了整整一个时代"。我们也完全可以说，王昕朋用诗情画意的镜子反映了中国农村发展进程中的一个时代。

其实在《团支部书记》中，农村的场景和农民的物质生存更多的是作为一种背景和舞台出现，或者说仅仅是小说所需要的一种载体，它所关注的是农村的精神气质和农民的灵魂状态。如对农村黑恶势力都有独到的刻画。比如村委会主任马坡，作者通过他对常菁菁的迫害，对乡邻族人的欺压，对金钱的贪婪，为了达到自己掠夺地下矿藏的目的不惜毁坏乡村生态和唆使黑恶势力大打出手及至架空村党支部等事件的描写，淋漓尽致地勾画出了其一副可卑的嘴脸。作者是在展示新一代农村青年热爱家乡、建设家乡的英雄业绩，同时，也是在揭示农村与村民、村民与青年、青年与干部、男人与女人、农民与土地、人与自然的各种冲突，这也是当代中国农村、中国农民在时代转型中的真实写照。作家通过这些真实的冲突向我们叙述着当下农村基层党团组织和干部作风建设这个隐含的深刻主题及解决这些问题的紧迫性、艰巨性和复杂性，所以我们说，《团支部书记》是一部具有独特的艺术情趣和审美视野以及深刻思想内涵的作品。

我国是个传统的农业大国，农村题材的文艺作品有着源远流长的光辉传统。从《诗经》到唐宋时期的《观刈麦》《悯农》等流传于世的关心农民疾苦的经典佳作，都表达了对农民深切的人文关怀。新时期农村和农民题材，更是占有特殊的地位。从《太阳照在桑干河上》《暴风骤雨》到《山乡巨变》《创业史》，再到《陈奂生上城》《卖驴》……无不见证了文艺对农村、农业、农民的关注及反映不同时代农村变革的特殊价值。

但是，我们也应看到，当前的文艺创作中，反映农村题材的作品，不仅数量偏少，其质量也偏低，远不能满足农村文化市场和农民群众的精神文化需求，当代农村文化的发展现状，呼唤反映当代中国农村题材的经典传世之作。王昕朋的《团支部书记》就是在这种情势下带着夺目的光辉闪现在我们的面前，因而就更具有不同寻常的意义。

英国文学理论家利维斯说过，伟大的小说之所以伟大，是"不仅为同行和读者改变了艺术的潜能，而且就其所促发的人性意识——对于生活潜能的意识而言，也具有重要的意义"。为时代、人民给出自己的思考和答案，是文学应当担当的最重要的使命。文学家也是思想家。王昕朋以敏锐的眼光、高昂的激情、深邃的思考，融入时代、反映现实、贴近生活，以自己的深邃思考写一种差别意识，如城乡差别、身份差别、精神差别对人的历史和生命的影响。因而我们通过《团支部书记》看到的常菁菁的创业历程，其实并不是一个农村青年的创业历程，也不是一群农村青年的创业历程，也不是中国农村的创业历程，而是一个国家和一个民族转型的历程。

　　此外，小说情感真挚，笔调的转换轻松自如。在结构安排上也能够巧妙出新，人物形象刻画得惟妙惟肖，内心世界的描写细腻而有层次感，较好地显示了人物的人生遭际和心路历程。让人一开卷就会随着各个人物间充沛复杂的情感经历，产生一口气读完的强烈欲望，而在掩卷之时，又能令人深长思之，回味无穷。

关注普通人在夹缝中生存的
痛楚是作家的责任

梁鸿鹰

对人的关心、对人的精神世界的关注是文学的责任，也是作家的使命，凡是能够引起较大社会关注的作品，大都倾注了作家的人文关怀，体现了为普通人立传画心的使命意识。王昕朋向来勤奋笔耕，是个地地道道的闲不住的人，他觉得自己有责任持续地关注社会生活、关注人的精神成长，他搞调研、做访问，大量接触普通百姓，把自己的所见所闻化成思考、形成文字、塑造为具体的艺术形象，因此就有了不断推出的一部部作品，《漂二代》只是他辛勤收获的其中一部而已。

随着时间的推移，我国的农民工问题或说进城务工群体问题又出现了新的现象，就是进入城市的农民工"第二代"已长大成人，他们无城市户口、无稳定职业，甚至无稳定身份，像是漂浮于大都市的一代人，因此作为作家的王昕朋敏锐地捕捉到了这些人的生存现状，他把他们称为"漂二代"。其实王昕朋对"漂二代"的定位远远超出了这些人，演艺圈、文化圈，甚至 IT

界无户口、无稳定职业地浮在大都市的人也是他眼中的"漂二代"。他以自己的最新同题长篇小说《漂二代》对这一问题、对这一群体进行了艺术的探讨，作品通过对农民工第二代在城市与乡村之间的挣扎、奋斗、迷茫的多色调描述，笔触犀利地反映了他们在沉沦和奋进之中的多重困扰和挑战，异常真切地刻画了形形色色的人物，以及他们的感情、欲望和追求，为我们当今时代的文学书写提供了新的借鉴。

王昕朋信奉忠于现实、反映现实的理念，丝毫不愿意夸大和歪曲生活，他的作品情节设置得像生活流一样真实、自然，没有丝毫的造作之感。具体地说，长篇小说《漂二代》以一个"假伤门"事件为核心，讲述了农民工子弟肖祥、张杰与富商汪光军的儿子汪天大在酒店发生冲突引发的故事。本来事件已经和解，但汪光军觉得丢面子，找关系为儿子重新做了脑震荡医学鉴定以致肖祥遭到刑事拘留。这件事在农民工聚集地北京十八里香引起强烈反响，种种社会矛盾因之更加突出，由此也牵动了各方面的力量，牵出了一个个难以掩饰的矛盾。实际上，王昕朋写出这样的故事，首先是因为他对"漂二代"有着细致的观察，对一大批底层生存者有深入的思考，他不想简单地为这样一个群体贴个标签，而是想要通过自己塑造的人物，引起大家的关注。他提醒我们，大家虽然生活在一个正在迅速腾飞的社会，时代为我们提供了体验各种社会境况的条件，我们不能因此而回避弱势群体的存在，更不应忽略他们的精神世界与精神诉求。

王昕朋作品的思想深度来自他长期的积累。作为出生于上世纪 50 年代末的作家，他经历过乡村、城市不同生活，从基层到中央的事业单位和机关单位等不同岗位，他的工作经历也非常丰富，但不管他工作在什么样的岗位上，他总能保持生活的热情，保持对生活的细致观察，同时，永远不忘他对文学的热爱与梦想。王昕朋从 1976 年便开始发表作品，笔耕不辍，先后出版长篇小说《红月亮》、《天下苍生》(合著)、《天理难容》、《团支部书记》，中篇小说集《是非人生》《姑娘那年十八岁》，散文集《冰雪之旅》《我们新三届》《金色莱茵》《宁夏景象》；长篇报告文学集《雄壮地崛起》《雄性的太阳》以及政论式作品集《他们播种希望》《历史前进的足迹》，在社会上引起积极反响。他早在 1993 年就加入了中国作家协会，在他的创作中，对普通人的关注、对各阶层人的心灵的关注，始终是他的不懈追求。

由人民文学出版社出版的《漂二代》是王昕朋的最新作品，是他从生活中萃取的最新果实。2009 年中国作协组织作家定向深入生活，他不顾工作繁忙，报名深入北京某区，来到农民工聚集的地区，用真心真感情去体验他们的喜怒哀乐，作品凝结了他对当代生活的最新概括。他的这部最新作品以生活于北京的"漂二代"为主角，细致入微地写了农民工子女在当下的城市生活中的多重困扰和挑战，展现了"漂二代"的生存状态和悲欢离合，实际上通过这些描写，反映了当下众多社会现实内容与深广的历史、文化思考，充分彰显了现实主义的力量，表现出作家在一个社会转型时期、在现实矛盾突出时期应该具有的文学与思想担当。

我们还应该看到，作品不仅写出了外来人口面临的社会问题、户籍问题，而且写出了这些特殊人群的无归属感、身份焦虑感、漂泊感，以及面对大量具体问题时的尊严问题，直击了当下普遍存在的社会心理隐患。作者笔下的人物鲜活，语言质朴、泼辣，堪称一份最新的小人物大都市生存报告。如同作者其他一些作品一样，《漂二代》有力地揭露了生活的弊端和人性的扭曲，在写作过程中，作家所着意侧重描写的是各色人物各自的个性乃至主体性，他想写出他们身上的温情与爱意、仇恨与苦痛、困惑与迷惘。但令人欣喜的是，他的描写并没有走向惯常的灰暗或消极，并没有导致作品基调的压抑，他写出了普通人、小人物的困惑、压抑感，但也表现了他们积极向上的追求，从而反映了作家既正视历史的阵痛，又憧憬未来的光明；既正视生活的暗淡，又讴歌时代的亮色的特征。这样的创作，源于作家对现实的深刻认识，这使他能够直击丑恶与病象，同时使作品闪现着理想主义的光彩，让人们得到启迪、获得鼓舞。

飘飘何所似

——评王昕朋的长篇小说《漂二代》

曾攀

　　王昕朋的小说，往往以直击和逼视的姿态，聚焦社会热点与时代难题，借以揭示其中的生存困境、人性窘迫乃至现实无奈，在由点入面、点面结合的文本结构中，呈现出自身强烈的现实关怀和担当意识。我一直抱有这样一个简单的理念，即在任何可能的条件下，以虚构的力量，越界到切实的生活空间或者具有建构意义的想象世界中，理应是好小说用力的重要方向。就拿今年（2011年）的小说创作而言，从关注教育制度与都市人性的《北京户口》《红宝石》，到直视家族生态与经济纠葛的《方向》，再到揭露乡村官商之间啼笑皆非的生活现场的《并非闹剧》，以及再现大学生村官生存窘境的《村长秘书》……笔耕不辍的王昕朋可谓在这方面做出了许多可贵的尝试。如今在我手上的这本长达二三十万字的小说《漂二代》，更是以"长篇"的"体大"之容量，对困扰数以千万计国民的"北漂"问题作出"思精"的分疏：随着时间的推移，"漂一代"已然默默接受命运的拨弄，而生于斯长于斯的城市"漂二代"，其糟糕的教育现状、紧迫的存在困境以及焦灼的身份危机等问题，在在触及了转型期的中国式阵痛。

小说围绕着富商汪光军阴谋以儿子汪天大的"诈伤"状告"漂二代"张杰和肖祥展开，后者来自北京一个外地人聚居的生活空间——十八里香，在这里，只有安家落户的表层生活，并无安身立命的根本立足。具体而言，在饭馆的一次冲突是整个故事的导火索，汪光军与冯援朝狼狈为奸，谎称汪天大得了"脑震荡"，为谋私利泄私愤而陷害肖祥和张杰。在肖祥身陷囹圄之时，一出营救与反扑的戏码开始上演，汪光军的咄咄逼人、冯援朝的助纣为虐、宋肖新的委曲求全、小乔警察的穿针引线、张杰的伺机报复、李京生的奔走呼告、区委书记的神光乍现……最后，善有善终恶有恶报，而外地人依旧如斯，各自安之若素，驮着"异乡人"的背甲静稳求生。

确乎很难想象，在自己的国土上生活，还有如此强烈的"异乡人"的疏离感。小说就是以这种巨大的困惑为基调，对"北漂"尤其是"漂二代"的中心话题进行一个"长镜头"式的聚焦。在这个过程中，"北京户口"成了整个小说或隐或显贯穿始终的线索，将各色人物的悲欢离合、喜怒哀乐，统统串联起来，"漂二代"的图谱通过如此这般的虚构笔墨得以绘制而成。值得注意的地方在于，尽管"漂二代"是以人物群像的方式出现的，用小说里的话说，"这些在十八里香长大的孩子，家庭背景一样，经历一致，思想观念也惊人地相似，他们普遍看不到前途有什么光明"，但彼此却并不缺乏可资辨认的个性乃至主体性：隐忍执着的宋肖新、憨厚老实的肖祥、仗义莽撞的张杰，以及"小东北"和孙泉、暴躁鲁莽的张刚、自私自利的李豫生、善良单纯的李京生和韩可可，等等。而以"漂二代"为中心，还将他们的长辈"漂一代"一并牵引了出来：温情柔弱的肖桂桂、俗气平庸的赵家仁和冯萍萍、"和稀泥"的李跃进、一夜暴富骄横势利的韩土改、胆小怕事的"少半勺子"……

于是，怎么写"他们"（代表着游离于都市的他者）的故事，就成为了小说的一个重要问题。具体而言，主要是通过背负着沉重的身份危机与现实困境的"异乡人"与形态各异的"北京人"之间的交往互动来推动情节的发展：宋肖新与律师男友冯功铭的交往，肖辉委曲求全娶了并不适合的北京女人，张杰与"富二代"汪天大的冲突，李豫生与汪光军和冯援朝的苟且，汪光军和高律师对肖祥的陷构，区委书记的慰问与李京生的执拗，等等。在这个过程中，虽然作者基本上保持了一种有克制的叙述基调，但其底层立场和关怀意识还是显而易见的，甚至在"漂二代"们对抗权力的过程中，还刻画了一位可亲可敬的基层民警小乔的形象。

其实，在作者对"北漂一族"作出一代和二代的分疏时，就产生了这样的问题，那就是与"漂一代"相比，"漂二代"面临着什么新的处境或者困惑？拿小说中的一句话来说："头顶无属于自己的一片瓦，脚下无属于自己的一块砖，唯一的变化就是老了，他们把自己最为光辉灿烂的青春贡献给了这座城市。"这是"漂一代"的写照。而对于"漂二代"而言，他们都是在城市里出生、在城市里长大的孩子，仿佛看到了改变命运的曙光，但是其身份却依然逃脱不了异乡人的阴影，并且由于教育制度和社会风气的推波助澜，更是坐实了他们的外地人身份，也因而滋生了难以磨灭的疏离感和断裂感；尤其是现实生活中赤裸裸的教育歧视和生活困惑，比起"漂一代"所受到的剥削和耻辱来，可谓有过之而无不及。生活的牢笼尽管有时也能照见些许温情的亮光，但"漂二代"脆弱的神经显然还难以适应现代都市的生存与竟争法则，这使得"漂二代"迅速被挤压到逼仄的空间，万难施展拳脚。

说到这里，我们是不是应该回过头来做出反思，以"漂二代"为代表的群体，是否对"北京户口"过于执念？在这里意不在否认他们追求人生的努力，需要警醒的是，在盲目而迫切的追逐过程中，很多人失去了本不该过分丧失的简单的快乐和健康的人生。如果靠自身的能量无法扭转乾坤，那是否可以考虑新的活法？说到底，我们的教育、我们的社会，还是缺乏一种多样化的价值选择，仿佛一切以高、大、新、富、快为衡量标准，在这样的风气和氛围中，泯灭了严谨、理性和从容的姿态，失落了天地，更消隐了情怀。"可是，她（指宋肖新）并不想打开老屋的门锁，就是想，她也根本没有钥匙，或者老屋根本就不需要钥匙。"这仿佛成为了一个重要的隐喻，家乡早已面目全非，再难回归，而都市欲望与生存危机却如梦魇般如影随形。身份的无依感与断根的漂泊感充溢着"漂二代"的生活，即便是像韩土改那样的暴发户，用足够的金钱将女儿韩可可买进高学费的贵族学校，依然免不了其被视为"土妞、下里巴人"。作为"漂二代"，留给他们的，是引发了深层次的内心选择和价值取向的精神危机。

小说的"尾声"只有寥寥数行，张杰的一句话意味深长："你们知道吗？操丫汪光军被抓之前那么有钱，也不是北京户口。"也就是说，翻手为云覆手为雨的汪光军，其身份与"漂一代／二代"有着相同的本质，不难想象，他也是经受了凄苦和焦灼才摆脱穷困的，但财富以及财富背后衬托的社会身份，使其迅速从"北漂"的共同体中分化出来，由此而失落了自我的本心，飞扬跋扈以至反过来对原属的阶层／群体施以鄙夷、逼迫和陷害，其中的傲慢与卑鄙，在在发人深省。短促的尾声却留下了悠远的反思，作者之笔力由此可见一斑。

杜甫在《旅夜书怀》中以"飘飘何所似，天地一沙鸥"道出自我之飘零身世，作者也将这两句诗用在主人公宋肖新身上。对于那些在城市中漂泊与沉浮的人们，需要在更深层次的意义上打破贫富、高下、贵贱之间牢固的坚冰，方可立稳于天地之中，而不至于在自己的故土一次又一次地发出"飘飘何所似"的哀鸣。

"漂二代"的命运与我们的时代

——读王昕朋长篇小说《漂二代》

李云雷

王昕朋的长篇小说《漂二代》，为我们展示了农民工第二代的复杂生存境遇，小说以"假伤门"这一事件切入，表现了农民工与官商精英之间的矛盾，呈现了丰富复杂的社会场景，并进一步通过探讨农民工第二代的前途与命运，指向对城乡二元结构的思考，让我们看到了一个作家的敏感与忧思。

"假伤门"在小说中是贯穿始终的中心情节，这是一个很小的事情，但围绕这一事件却有不同的力量与人物介入，情节也一波三折，呈现了现实生活的复杂性。事情的起因很简单：农民工子弟肖祥、张杰与房地产开发商汪光军的儿子汪天大在小酒馆发生冲突，本来已经和解，但汪光军觉得丢了面子，找人为汪天大重新做了脑震荡的医学鉴定，把肖祥给抓了起来。这一"假伤门"事件在农民工聚集地十八里香地区激起了强烈的反应，事情很快演变成了两方力量的角逐，一方是房产商汪光军及其雇用的高律师、副区长冯援朝等人，这是一个由利益勾连起来的小集团；另一方则是十八里香地区的农民工及其子弟，包括肖祥同母异父的姐姐宋肖新、哥哥肖辉、姑姑肖桂桂和律师冯功铭等，这些人既存在整体的利益，又有各自不同的境遇，最后他们在这场冲突中逐渐走到一起，打赢了这场官司。

如果说"假伤门"是《漂二代》的中心情节，那么更进一步，农民工第二代的境遇与命运则构成了小说的核心问题，"假伤门"为我们打开了关注这一群体的入口。小说通过肖祥、肖辉、宋肖新、李豫生等人的命运与遭际，为我们集中展示了农民工第二代所面临的生存境遇。

肖祥是一个品学兼优的孩子，初中即将毕业，但身为农民工第二代的他没有北京户口，无法在北京继续读高中，他面临着两种选择，回老家读高中再考大学，或者在北京辍学或读技术学校，这是他所面临的重大人生问题。他的哥哥肖辉是一个榜样，他数年前选择回老家读高中，又考回北京上大学，毕业后在国家机关工作，他是十八里香地区人人称羡的对象，实现了很多人进入城市的梦想，但是在城市生活乃至家庭生活中，由于他出身于底层，也是为人轻视与欺侮的对象。小说通过肖辉这一人物形象，向我们揭示了一个残酷的事实：一个农民工子弟，即使个人奋斗成功了，也无法真正融入城市生活。那么，对于肖祥这一代人来说，该做怎样的人生选择呢？是像肖辉一样继续奋斗，还是像他的朋友张杰一样自暴自弃，进入黑社会？这不仅是摆在肖祥面前的问题，也是摆在整个社会面前的问题，我们的社会是否能提供一个公平竞争的环境，让底层青年也有进入主流社会的途径？

宋肖新与李豫生向我们展示了事情的另外一面，这两位年轻漂亮的女孩同样来自于十八里香地区，她们是从小一起长大的好朋友，却走上了不同的人生道路。李豫生先是委身于汪光军，后又委身于冯援朝，成了他的"情妇"，但是考察她的人生轨迹，我们可以发现，她走上这条道路，既有个人原因，也有社会原因——在她的生活中，她看不到改变命运的途径，为了家庭，为了过上更好的生活，她被迫走上了游戏人生的不归路。与李豫生不同，宋肖新虽然面临着生活中的困境，但她始终保持着自尊与清醒的意识，面对汪光军公司"形象代言人"的诱惑，她丝毫不为所动，在与冯功铭的恋爱关系中，她也不因为对方是副区长冯援朝的儿子及其律师的身份就自我贬低，而是以平等的态度与之相处。在这一形象中，寄寓了作家的美好理想。但是在小说中，我们也可以看到，面对现实中的困难，宋肖新也时常会陷入一筹莫展的境地。宋肖新与李豫生以自己的方式"融入"了城市，但是她们在融入的过程中也付出了巨大的"代价"。对这一"代价"的描述与思考，显示了作家批判的锋芒，也让我们去思考城乡二元结构所带来的问题。

在小说中，我们可以看到，让很多人物纠结的核心问题是"北京户口"，城乡户籍的不同在很大程度上影响着主人公的命运，也构成了小说的核心矛盾。在历史上，我国城乡分治的户籍管理制度曾起到了稳定社会秩序、促进经济发展的重要作用，但伴随着计划经济体制的瓦解，人口的社会流动越来越频繁，这一户籍管理制度既失去了现实的依据，也造成了事实上的歧视与不平等。尤其是农民工在我国城乡之间的巨量流动，他们既是农民，又是工人——他们拥有的是农民的"户口"，但是在城市中生活、居住、工作，与"工人"无异，他们的"身份"始终无法得到明确认定，带来了很多社会问题。城市既离不开他们，又不愿容纳他们，而他们对城市既没有认同感，也无法回归家乡，处于一种进退两难的境地。如果说这是第一代农民工的典型心态，那么到了现在，第二代农民工逐渐登上历史舞台，问题无疑更加复杂化与尖锐化了。在《漂二代》中，我们可以看到，对于第一代农民工李跃进、韩土改、赵家仁、肖桂桂等人来说，北京不过是暂时寓居的"漂泊"之地，他们总还想着回归河南老家，但是对于他们的子女来说却已经发生了很大的改变，这些孩子出生、成长在北京，他们认同的是城市生活，回到农村生活对他们来说是不可想象的。这样他们就面临着更加艰难的处境，他们既无法融入城市，而在城市之外，他们又无处可以容身，小说中肖祥、肖辉、宋肖新、李豫生等人形象地向我们展示了这一代人的困境。小说对这一现状的揭示既是对现实的批判，也是对更公正的社会秩序的呼唤，我们可以看到，2012 年年初我国已出台了户籍改革的方案，在这个意义上，可以说《漂二代》走在了时代的前沿。

《漂二代》的可贵之处，不只在于通过"假伤门"探索农民工第二代的命运，并以此剖析城乡结构与社会结构，也在于在这一过程中，作家并没有以简单的二元对立来面对复杂的现实问题。在小说中，我们可以看到冯功铭这样致力于底层利益的城市律师，可以看到温和善良的居委会大妈和派出所民警，也可以看到秉公执法的区委书记，这些人物向我们呈现出社会生活丰富的不同侧面，让我们在具体的社会网络中看到了问题的复杂性，这不仅没有削弱小说对主题的呈现，反而可以让我们在更为开阔的空间思考这一问题。

命运之痛与道义之光

——读王昕朋的长篇小说《漂二代》

古耜

　　王昕朋是一位切近时代、关注人生的实力作家。近年来，他以良知、洞见和真诚驱动笔墨，深情聚焦现实与历史的纵深地带，先后发表了《天理难容》、《天下苍生》（合著）、《风水宝地》、《方向》、《红宝石》、《红夹克》、《村长秘书》、《并非闹剧》等一系列中长篇小说，其敏锐的生活发现、细致的人性勘察，深沉的社会思考，勇敢的文化批判，以及刚健质朴的语言表达，构成了一个既缤纷摇曳又意味幽邃的艺术世界，每每让人感慨万千、欲罢不能。而长篇小说《漂二代》则是作家沿着既定的风格向度，不断拓展、奋力前行的又一成果。其中承载的若干精神探索与审美实践，不仅为作家的艺术世界增添了新的景观与内涵，而且为今天宏观的长篇小说创作，提供了一些有益的启示与借鉴。

　　按照民间约定俗成的说法，所谓"漂二代"，指的是京城漂泊一族的下一代或者说次生代。在现实生活中，这个群体固然包含比较复杂的成分与状况，但构成其主流的，无疑是那些跟随父辈由农村来到京城打工、创业和生活却依旧脱不掉农民身份的青少年男女们——他们是真正具有代际血缘关系的新"京漂"，是名副其实的"漂二代"。王昕朋的《漂二代》锁定的正是这个群体。该著以虚构的京郊重要外来人口聚集地十八里香为典型环境，围绕发生在河南籍"漂二代"和富豪家庭之间的"假伤门"事件，展开多线索、多层面、多视点的艺术辐射。其笔墨所至，不仅写活了宋肖新、肖辉、肖祥、张刚、张杰、李豫生、李京生等一批"漂二代"的命运遭际与生存状况；而且透过这一线索，自然而然地牵引出形形色色、复杂多样的人物关系，以及林林总总、斑驳陆离的社会视景，从而成功地绘制出一幅立体开阔的当代生活画卷。应当看到，就"写什么"而言，王昕朋的这一番设计与选择，颇费匠心而又极其精妙：一方面，从社会学的角度看，"漂二代"作为一个整体，其突出的特征莫过于自身的中间性与复合性，即绝大多数"漂二代"，同时连接着乡村与都市两种生活和农业与工业两种文明。作家以他们为表现对象，不仅打通了自己在乡村和都市两个区域的观察、体验与思考，有利于最大限度地调动生活积累和创作优势；而且无形中将乡村与都市置于对话或潜对话的框架之中，以至使笔下的形象世界和价值判断，通过比较与互补，具备了某种整体性与辩证性。另一方面，进入新世纪以来，城乡一体化浪潮，成为中国现代化进程的新表征与大趋势。在此背景下，"漂二代"因为是"打算长期留下来做个北京人"的外地打工者，是最早的试图由农民变为市民的人，所以，便更多地浓缩了历史的投影。作家为他们绘形传神，无疑紧扣了社会的脉搏，其作品自然也就更具有时代色彩和现实关怀。

毫无疑问，在《漂二代》中，作家对于打拼和生活于京城的"漂二代"以及与他们休戚相关的父辈和朋友，是怀着深深的理解、同情、悲悯乃至激赏的。正是从这样的立场和感情出发，作家驱动温暖而有力的笔触，精心塑造了多位正义、善良、积极、向上的"漂二代"形象：售楼小姐宋肖新聪明、漂亮，由衷希望在京城找到自己的事业与爱情，但却绝不为此而出卖良心与尊严，她不怕困难，直面人生，认真做事，坦诚待人，最终凭着爱心、智慧和锲而不舍，赢得了美好未来。品学兼优的中学生肖祥，由于没有北京户口而面临升学困境，随即又遭遇不白之冤，但即使如此，他仍然理智和顽强地面对生活，决不放弃朝着理想努力进取的信念。肖辉为了彻底改变命运，在大学毕业求得留京时，曾有过不那么光彩的举动，但后来还是意识到了人生的正途与真谛，为此，他不但坚决与邪恶势力斗争，而且毅然奔赴贫困地区，成为一名全身心投入的志愿者。此外，还有侠肝柔肠、疾恶如仇的张氏兄弟，正义善良、实话实说的李京生，以及兼有牺牲精神和是非判断的"小东北"等。所有这些，充分彰显着今日生活中每见于普通劳动者和社会底层的人性之光，让人感受到一种质朴健康、未经污染的精神力量。与此同时，作家的笔墨还沿着"漂二代"的命运作延伸，成功塑造了几位没有传统偏见，与"漂二代"心灵相通、情感相融的人物形象，这当中有为人正派，真心爱恋宋肖新，并能够自觉使用法律武器，维护农民工权益的业界优秀律师冯功铭；把外来打工者当亲人，热心为他们服务，处处为他们着想，直至积劳成疾，献出生命的社区居委会主任韩冬；不向钱权献媚，以公平和公正的态度对待弱势群体，努力维护法律尊严的警官小乔；等等。他们以平凡而又高尚的行为，托举起当今时代的公理所在和道义天平，从而把生活的勇气和人生的理想留给了步履艰难的打工者。

　　一部《漂二代》传递着历史与社会的正当诉求，亦描绘了时代与人心的亮丽色彩，只是所有这些都没有弱化作家的忧患意识，更不曾遮蔽作品的批判锋芒。在作家看来，调整城乡结构，改变农民命运，固然是大势所趋，行在必然，但由于这种大势在本质上属于一种急剧而深刻的制度变革与社会转型，所以，它一定会引发多方面的自觉或不自觉的反弹与阻力，从而使这一进程变得艰难曲折和阵痛不断。对此，作家有着清醒的认识，并通过鲜活的形象思维，转化为严峻的生活情境。你看：冯功铭的母亲田桦是领导干部的妻子，知识女性，她关心儿子的婚姻大事自然无可非议，只是在为儿子定下的择偶条件中，竟把京漂一族完全排除在外，明言不允许儿子找一个没有北京户口的妻子。韩土改原本是打工队伍中的一员，可他一旦改变身份，便决计切断女儿与民工子女的一切联系。还有肖辉的海归妻子，似乎对丈夫的农民出身一直耿耿于怀。由此可见，因长期的城乡二元结构所导致的身份差异，迄今阻碍着新一代农民融入城市。观念意识已是如此，而现行的城市管理制度同样拒人于千里之外，其中仅仅一个教育和升学问题，就让十八里香的莘莘学子及其家长们伤透了脑筋，更遑论决定他们终身命运的户口难关！如果说以上症结因为由来已久，已经使承受者的情绪由伤感、焦虑而趋于隐忍、无奈；那么，更让他们忍无可忍，直至奋起抗争的则是另一种遭遇，这就是，伴随着社会上新的贫富差距的出现，一些为富不仁者自以为有金钱撑腰，而表现出的颐指气使、不可一世、为所欲为，以及由此造成的对"漂二代"和整个打工群体的尊严伤害与权益漠视。在这方面，作为《漂二代》之中心线索的"假伤门"事件，正是不法商人汪光军仅仅为了自己的舒心和"脸面"，而动用金钱的力量，控制贪官，操纵法律，践踏他人名誉，打击弱势群体的典型表现。毋庸讳言，所有这些有形或无形的存在，都在负面意义上影响着新一代农民的健康成长与正常发展。作品中李豫生的不惜扭曲生存，张杰的企图以暴制暴，还有弥漫于"漂二代"的普遍的悲观与迷茫，显然与这样的外部氛围和客观环境相关联。行文至此，我们不能不佩服作家的胆识和笔力——那浸透于字里行间的现实主义品格，让人既血脉涌动，又掩卷深思。

　　似乎该说说《漂二代》的艺术表现了。在这一维度上，该著亦大致称得上精致与完美。其中令人刮目之处至少有二：一是全书的结构开合有致，浑然天成。开篇先写北京户口给宋肖新和肖祥造成的无尽烦恼，同时以乐极生悲的笔法，推出"假伤门"和肖祥被拘事件。接下来沿着宋肖新与冯功铭的情感纠葛和张杰逃逸试图报复汪天大两条线索，展开散点透视，激活了一系列事件、场景和人物，最终以多方携手，揭露事件真相，"漂二代"走向新的生活终结全书。这样的叙事工巧而不失天然，简洁而不失丰富，令读者在有限的艺术时空里，感受到生活和时代的无限包蕴。二是人物描写重在"画眼睛"和见神采。作为长篇小说，《漂二代》的篇幅不算太长，而塑造的有名有姓的人物却多达二三十个。这些人物或许不能说个个立体丰满，但绝大多数都有鲜明的性格特征。如肖桂桂的忍辱负重，李跃进的媚颜虚荣，赵家仁的庸俗委琐，韩土改的狡黠善变，冯援朝的假装正经等，都堪称栩栩如生，让人过目难忘。即使像"少半勺子"、"小东北"、汪天大这样的次要人物，尽管用墨不多，但依旧有形有神，跃然纸上，给人留下很深的印象。而这样一种艺术效果之所以产生，显然得益于作家对中国古典小说创作经验的积极借鉴和有效师承。从这一意义讲，一部《漂二代》不仅丰富了当下文学的人物长廊，而且又一次证明了中国小说传统的生命尚在，魅力无穷。

城市发展中的身份认同

——评王昕朋的长篇小说《漂二代》

汪政

　　王昕朋的长篇小说《漂二代》是一部不太好归类的作品，可以说它是底层文学、问题小说，也可以说是一部成长小说、新城市文学和文化小说。之所以这么说，是因为它容纳了太多的社会现实内容与深广的历史、文化思考。这部作品再一次彰显了现实主义的力量，同时也再次表明了一个作家在社会转型时期，在现实矛盾突出时期应该具有的文学与思想担当。

　　小说的故事并不复杂，它借助一次偶然的治安案件作为叙述的起点。农民工子弟肖祥、张杰与房地产开发商汪光军的儿子汪天大在小酒馆发生冲突，本来已经和解，但汪光军觉得丢了面子，找人为汪天大重新做了脑震荡的医学鉴定，把肖祥给抓了。这一"假伤门"事件在农民工聚集地十八里香地区激起了强烈的反应，种种社会矛盾因之更加突出，由此牵动了各方面的力量，各种人物也纷纷登场。靠不择手段起家的汪光军当然不肯轻易认输，因为这样一来不仅输掉了自己的面子，更输掉了自己的身份、地位，特别是在商界的利益；副区长冯援朝也不能输，他的利益是与汪光军连在一起的，他们俱荣俱损；而十八里香的河南农民工们在这场不对称的较量中则经历了几番变化，他们既存在整体的利益，又有各自不同的境遇，但在这场冲突中他们不断超越自我，为了公平和正义，为了他们曾经的苦难和屈辱，也为了明天更好地生存，他们不再妥协，同时，他们也不断地从情感走向理智，从懵懂走向自觉，从盲动走向法治。

小说中的十八里香是一个很有意味的文化群落。我说《漂二代》是一部新城市文学和文化小说也就是从作家对这一文化群落的生态描写来判断的。十八里香原是北京郊区农村，随着城市的扩建，它现在已经是北京市的一部分。由于原来处在城市的边缘，所以成为外来务工人员的聚集地，而外来务工人员的聚集大都缘于同乡的关系，比如十八里香基本上就是河南人，所以，这样的地方是亦城亦乡的，是城市中的乡村，是文化的飞地。王昕朋对十八里香的描写实际上涉及了城市文化的许多现象和问题。古典的城市是从乡村发展起来的，一些乡村因为政治、文化、军事和宗教的原因而变成城市。而现代城市的形成与建设则更为多样化，它们可以创造，可以扩张。相对于古典城市，现代城市的迅速发展产生了许多一时间难以消化的新问题。比如城市的发展及其功能的发挥需要大量的人口，这些人口是原先的城市一时间无法生产的，所以就要从农村进行各种方式、各种规模的"移民"。这自然会改变城市原先的人口结构与城市单一的文化性格。十八里香的人们一方面是"新北京人"，一方面仍旧是自己的老乡，他们说着方言，按自己家乡的习俗生活，延续着自己故乡的风俗与价值观。韩土改千方百计洗刷自己身上的故土痕迹，刻意与十八里香保持距离，但他赖以谋生的还是农民式的智慧与乡土民间文化，李跃进的起落也是建立在乡土人际观念上的。虽然到宋肖新、肖辉、张杰、肖祥等已经是"漂二代"了，但在他们的身上依然保持着浓重的"进城"前的文化色彩，这些正是现代城市的特征。急速的城市发展、大规模外来人口的进入与大量的流动人口使得城市呈现出"杂色"，各种文化在此交流、碰撞、交汇和融合，使城市拥有了新鲜的活力和文化上的多样性。在现代城市，固守传统的城市风格是不现实的，也是不明智的，它只会阻碍城市的发展。其实，与乡村相比较，城市一直表现出开放与变动不居，它的生长速度与面貌变化要比乡村快得多，只不过这种功能与特性在现代表现得更为突出罢了。《漂二代》对现代北京的描写体现的就是这样的文化与城市理念，它着重书写的是北京的"变"，是新北京人给这座老城市带来的多样化的新元素，这是现代城市开放、包容的方向，一座城市，只有敞开大门，保持流动，才会有发展的动力。

文化冲突与身份尴尬是《漂二代》的重要主题。十八里香的人们一方面自在地保持着自己的文化性格，一方面又非常希望进入北京文化。他们对这个城市抱有难以言说的复杂感情，她是他们的希望与明天，又是给他们带来伤痛与歧视的地方。特别是身份认同是他们进入城市最大的障碍，也是他们融入城市与城市零距离生活必须要穿越的隔离带。不可否认，城市在这方面还没有做出有效的应对方案包括制度设计，甚至可以说，城市在这方面确实表现出自己的自私与双重标准。当城市需要发展，迫切需要大量的劳动力与消费人口时，城市鼓励外来人口，但是当外来人口要求享有同等待遇时，却遭到城市的拒绝，这可能是当代中国社会较为突出的不公平现象。这一现象的存在已经很长时间了，《漂二代》中的人物大都是在北京出生或在很小的时候就来到北京，他们的父母在他们出生前就已经在北京打工，但是他们的身份问题却一直没有得到解决。作品取名"漂二代"，一方面就是通常所说的"北漂""南漂"，指的是离开故土到城市打工；另一方面则是指这些人的身份状态，包括他们的上一辈，是农村户口，但人却不在农村，离土不离户，而他们身在城市，却不是城市人，在城不属城。索尔·贝娄曾将他笔下身份缺失的主人公称为"挂起来的人"，王昕朋将中国进城的农民称为"漂着的人"，他们既不在农村，又不属于城市，始终在两极漂移。作品中的主人公之一宋肖新这样表达自己的身份感受："老家对于宋肖新充其量只是一个符号。在北京这么多年，她是外地人；到了老家，她感觉自己也成了外地人。"身份问题不仅是一个人的属地称谓，在中国，它同时又是一个人的文化标签，身份认同的同时就是文化认同，包含着许多政治、经济、文化内容，因为这些因素的差别与不平等，最终导致了人的身份的不平等。因而，身份歧视也就成为一种普遍的社会现象。肖祥因"假伤门"事件被抓后在十八里香引起了骚动，作品对当时的群情激愤有一段描写，可以看作是这种歧视的缩写："本来是出主意想办法的'诸葛会'，却演变成控诉不公正待遇诉苦会。张三说，咱来北京快二十年了，黑发变成了白发，却怎么也直不起腰。北京人养的狗走大街上都神气得很，感觉自己活得还不如那条狗。李四接腔说，可不是咋的，有钱人家的狗都能在北京上户口，有的为省钱还跑到乡下给狗上农村户口，这不是腌臜咱农村人嘛！王二说，俺上公交车售票员跟防贼一样，生怕俺逃票。到超市买东西，售货员一听俺这口音，俩眼球黏在俺腔上，怕俺藏着掖着偷东西。真他妈的窝囊！年龄大点的赵五说，你们比我们那时候好多了。那时候没有北京户口的叫盲流，一有重要的节日就把咱当脓一样往外挤，到了火车站还得把大箱子小行李翻个底朝天……"其实，在现实生活中，还不仅仅是这样的感受与偶然的遭遇，而是实实在在的政治、经济、教育与日常生活诸多方面的限制。王昕朋对导致这一现象的制约性因素做了深入的思考，说穿了，就是户籍制度。当然，如何进行户籍制度的改革现在依然在讨论，《漂二代》作为一部文学作品并没有提供户籍制度改革路线图的义务，但是，它确实集中而深刻地描写了漫长的制度争论与建设中外来人口付出的巨大成本。到了肖祥这一代，没有户口，教育就成了问题，"有的回老家勉强读完高中，又回北京来找父母，就业解决不了就做'啃老族'；有的一离开父母像脱了缰的野马，混迹社会，犯了罪进了监狱。实在不愿回去的，就在北京读民办的中专中技，更多地加入了父辈的打工行列……"在作品中，拥有北京户口、在现实生活中成为一名真正的北京人是来北京务工者两代人的梦想，为了这个梦想，他们可以付出"一切"。这"一切"包括生命、理想、奋斗，也包括牺牲、交易、堕落，当一个城市无视这一群体的身份诉求时，它必然要为之付出沉重的社会管理成本，《漂二代》看上去的冲突是围绕"假伤门"事件的，但内在的矛盾却都是缘于十八里香人的身份焦虑，是一种被伤害、被歧视、被抛弃的社会心理的宣泄。

虽然如此，《漂二代》并没有停留在平面的批判与谴责上，应该说，汪光军这样的不法商人和冯援朝这样的贪官刻画得是很成功的，但是，相比起他们，我更看重宋肖新、肖祥等"漂二代"。王昕朋也描写了他们身上的复杂性，他们面对社会的不公平时的愤怒、悲伤和失望，但最终，他们站住了，作家显然在他们身上看到了希望，或者不如说，王昕朋将希望寄托在他们身上，他们是城市的新人。肖祥虽然因"假伤门"事件被抓了，但他坚信法律的公正，乐观地对待命运。特别是对宋肖新，王昕朋是带着理想、同情、赞美与祝福来描写她的，她虽然出生于一个不幸的家庭，但却因此激励出了坚强、自尊、同情与聪慧。强权的欺压、名利的诱惑、亲人的误会都没有击倒她，虽然，面对几乎没有希望的抗争，她也有过犹豫，她知道，"现实环境最能够改变一个人的生存原则，尤其是当这个人感觉到自己的尊严被另外一个人轻而易举拿走时，往往只有两条路可走：一条是抗争，结果是两败俱伤，鲜血淋淋；一种是投降，求得生路，以图东山再起。现实生活中选择走第二条路的是多数人"。她也有过这样的自我暗示，"也许人就应当活得现实一些。既然你改变不了现实，就得去适应现实。其实，这并不需要付出太大的代价，往往只是一念之差"，但她最终走的依然是不妥协的道路。不仅是宋肖新，还有张杰、张刚、冯功铭等，作品都写出了他们的变化，"漂二代"是成长的一代，是城市新主人，是城市的希望所在。我不否认这样的描写有理想主义的成分，但是，面对现实矛盾，仅有愤怒是不够的，还应该让我们看到理想，看到那些努力改变现实的人们，并且受到感染和鼓舞。

这是塑造新人的作用，它同样是现实主义的力量体现。

现实的诱惑

——读《漂二代》有感

安静

　　《漂二代》是一部真正意义上的问题小说，众多敏感的问题在小说中浮出水面，比如没有北京户口无法在北京参加高考，教育资源的分配不公；再比如"富二代"之父辈制造的"假伤门"以及与贪官的勾结；还有愤怒的城市流民和反抗者、算命先生的奇遇和暴富、农民的后代做官后的无奈以及网民的胜利，等等。锋芒所指，尽是尖锐的时代难题。如果用一句话总结其内容的话，那就是讲述了一场场博弈，"漂二代"和"官二代"及"富二代"之间的相处和博弈，当然，也是自我在欲望和诱惑中行走的一段历程。如果说小说是生活的一种富有想象力的演出，那么，作为演出，它应该是我们自我生活的一种扩展。当下生活的不确定性和动荡性在很大程度上诱惑了作家，也考验了作家。《漂二代》的作者王昕朋就是在这种复杂的态势中选择了"现实的诱惑"。

　　法国画家库贝尔曾说过路旁的石工、乡间的葬礼等在他看来，比宫廷化、贵族化的神话题材、历史题材更为重要。他这是强调文学创作中现实性的重要性，普通的人和普通的事件包含着历史的真实，以此强化揭示政治、文化、历史的真相的问题意识。在苦难叙述泛滥的现实语境中，多数作家对社会的

"发言"越来越"温情"，缺少真正的问题意识，很多是对生活浮光掠影的扫描，与此同时，介入当下社会的有效性也越来越弱。而《漂二代》选择了直接从最敏感的话题开始——优秀学生肖祥初三毕业，却要面临回老家。在某种意义上，他的教育权已被隐秘剥夺。青少年的变化和堕落由此开始，张杰从老孙家饭馆开始，李豫生从天上人间开始……他们都属于"漂二代"，他们的父辈——第一代打工者被称为"漂一代"。如今，"打工第二代"大部分已成长为十六七岁的少年或二十出头的青年，他们面临着考学、工作、婚恋等诸多人生大事。他们生长在城市，却没有城市户口，受户口的限制，他们的人生轨迹不得不发生改变，尤其是当他们遭遇到"官二代"或"富二代"的时候……当然，他们其中也有优秀的代表，比如被称为"史上最牛的售楼小姐"的宋肖新，一方面要和为富不仁、有钱有势的地产商博弈，营救蒙冤的弟弟；一方面还要经受来自汪光军金钱、浮华生活、户口的承诺等考验。在"官二代"冯功铭律师面前，她有不卑不亢，也有精打细算。正是这些富含原生态的细节描写，以及对显规则、潜规则的知性总结，使得作品具有了很强的现实质感。

《漂二代》的阅读过程中，真真假假历历在目，小说和现实在交错中重叠，当下鲜活的生活增加了作品的真实感，小说的虚构又让读者走得更远。如果作者能够穿越意识形态坐标，生成相对深刻的人性思索与文化探求的话，就会使小说获得更为深厚、广阔、综合的意义。这或许是不完美中的完美吧。但即便如此，《漂二代》已经算是虚实相生，生生不已了。

给"漂二代"一个形象

——王昕朋的《漂二代》的意义

张颐武

中国的文学写作从 20 世纪 90 年代以来就高度关切的"底层"问题，多数是农民工的问题。但随着时间的推移，这一问题又有了新的现象，就是这些已经进入城市的农民工的"第二代"已经长大成人。而王昕朋的小说《漂二代》正是对于这一问题进行深入表现的长篇小说。

所谓"漂二代"，是王昕朋对于已经进入城市的农民工的第二代的概括。这部小说通过对于几个农民工的"第二代"在城市与乡村之间的挣扎，写出了中国发展所面临的这一现实的问题。这里用生动的笔触表现了几个"漂二代"在城市中的挣扎、奋斗、迷茫，写出了在沉沦和奋进之中的多重困扰和挑战。这里对于城市以"浮世绘"的方式勾勒了它的纸醉金迷的外表之下的人性的复杂，同时以真切的写实笔法刻画了当下中国都市的光怪陆离的场景和生活形态。小说生动地刻画了形形色色的人物，他们在城市中的感情、欲望、行动被王昕朋写得异常真切和生动。王昕朋所钟爱的是用传统的写实的方式，充满同情的笔触来真实地表现"漂二代"的生活形态。从风格上，这部小说承继了诸如狄更斯、巴尔扎克、德莱赛在西方工业化的进程中表现这一进程所运用的写实的传统，描画事物曲折尽情，刻画人物相当深入。这部作品可以说是为当下中国的"漂二代"面临的问题和梦想写出的现实的传奇。它既具有高度的写实性，将当下都市和乡村的矛盾状况和都市生活的形态真切地加以表现；也具有传奇性，对于人物的命运和人性的复杂通过悲欢离合加以展现。既有相当的表现深度，又有可读性。

这部小说的真正的价值，在于让我们深入地看到了一个"复杂中国"的形象。今天的中国发展是世界变化的关键之点，而正在高速的发展之中涌现了无数的机会，也面临着诸多挑战。其中的城乡之间的差距一方面当然体现在城市与乡村之间的经济、社会和文化发展的严重的不平衡状态。人们常说，中国的超级大都市和二线城市的发展都已经达到或接近了发达国家的水平，但除了长三角和珠三角地区，乡村却还明显地远远落后。另一方面，这种不平衡状态其实更体现在伴随着几乎可以说是人类历史上最大规模工业化和城市化进程的中国的变革而出现的大量的从农村移民到城市的新移民。而中国的发展的特色和其他发展中国家出现的"离土离乡"不同，而是"离土不离乡"，通过户籍的管理使得原有的农民身份和户籍仍然保留，而在他们所进入的城市则始终是一个难以融入的"外来者"，这也是一直受到社会高度关切的"农民工"问题。这一问题的症结所在是中国的大规模的工业化和城市化需要大量的新增劳动力，他们是中国三十多年的高速发展的内在的动力，而中国城市的状况又难以消化这些劳动力彻底融入城市之中。这种状况一直形成了困扰，也是中国高速发展所凸显的最为复杂难解的问题。这里所出现的是"全球化"的生产和消费机制与中国内部城乡、东西部之间，大都市和三四线城市之间在交汇和差异中复杂的"全国化"的进程的交织。这种中国所面对的外部的"全球化"和内部的"全国化"的叠加正是中国发展的一个内在的特色。王昕朋通过对于"漂二代"的独特发现正面地接触了"全球化"和"全国化"的扭结的诸多征兆。

一面农民工其实是城市生活的内在的重要的元素，中国的高速发展和城市的运行都极度地依赖农民工，"中国制造"的全球性的影响和中国内部的变化在很大程度上是他们的贡献。但另一面他们的身份认同和诸多具体的生活问题都难以得到现实的解决，他们既无法回归乡村也难以融入城市，在夹缝之中生存。这样的困扰一直存在于中国当下的社会之中。农民工的"第二代"则从未在真实的农村中生活过，从出生时就生活在城乡的夹缝之中，感受到巨大差距和身份认同的困扰的同时也被城市的物质消费所诱惑，为互联网和都市生活中的诸多的迷人现象所吸引，农村对于他们是抽象的，但城市对于他们是在外围和边缘游走的人，因而也是模糊的。这种"漂"的感觉被王昕朋写得相当生动和真切。这些都构成了灵与肉、自我想象和期许与现实的条件和状况、梦想和现实的诸多差异和裂痕。王昕朋以一个充满同情的观察者的角色，对于他的那些再也回不去农村的年轻人充满无限的关爱，来表现他们，同时又有冷峻的观察和客观的剖析，让这部小说成为了"漂二代"的一部文学的历史，也是在虚构中展现了中国在复杂的变化中的真实。

　　这部书正是在这个角度上具有着独特的、不可替代的价值。

"漂二代"：何处安放我的青春

南瑞

　　小说《漂二代》写的是"农民工二代"和"富二代""富一代"之间的纷争。"农民工二代"与父辈们不同，他们生在大城市，长在大城市；"农民工二代"却又与父辈们一样，没有户口，仍是这个城市的外来人。父辈是"漂一代"，他们则是"漂二代"。"漂二代"们既到不了远方，亦回不去故乡，在夹缝中谋求生存的尊严，寻觅空间安放躁动的青春。他们还是一个失声的群体，只能在网络上宣泄自己的苦恼。《中国经济时报》专访了《漂二代》的作者王昕朋，曾当过知青、工人、记者的他，现在的身份是政府官员，这个标准的体制内人向记者详述了这本书的由来，并对户籍制度的改革提出了自己的建议。

　　《中国经济时报》：您作为体制内的人，怎么会想起关注"漂二代"？

　　王昕朋：我之前的作品中一直关注着底层。因为工作的关系，经常去基层调研，过程中发现了问题。生活中，也不断有老乡和朋友询问，怎样解决北京户口。一个朋友的小孩，从小在北京上学，学习成绩很优秀，如果在北京参加高考，名牌大学如探囊取物。但因为户口不在北京，他必须回教材不同的原籍考试。调研中发现的问题和身边朋友的事例，让我从去年开始关注户口问题，关注"漂二代"。这批人的身份很特殊，他们出生成长在大城市，故乡是个陌生的概念，他们觉得自己的根在北京，但因为户籍问题，他们又被城市排斥。这种矛盾冲突很吸引我。

《中国经济时报》：小说中的"假伤门"是现实生活中发生过的事吗？"十八里香"有原型吗？

王昕朋：大概四五年前，有一个老乡来找我帮忙。她和男朋友在饭店吃饭时与人起了冲突，明明她男朋友是受害者，却被对方讹诈，被警察带走。这就是小说中"假伤门"的由来。"十八里香"的原型是北京北五环的一个地方，那里聚居着很多"漂二代"和他们的家庭。我因为调研多次去那里。他们生活之艰辛，是我之前很难想象的，给了我很大的触动。

《中国经济时报》：小说涉及了很多职业，您如何了解到不同工作的细节？

王昕朋：我觉得作家应当对现实生活充满感情，这样才能写出好作品。我对生活中为自己服务的农民工充满感激，与他们打交道的时候总是客客气气。一来二去，彼此熟悉起来，就能从他们那里了解到底层的生活。有些东西，如果是以正式采访的形式去做，对方反而不愿意深谈。我就当他们是兄弟，他们当我是大哥，闲聊中就搜集了素材。来北京打拼的农民工从事着各行各业的工作，彼此之间又有联系，我能从我认识的农民工那里了解到整个北京农民工的生存状态和各行各业的潜规则。这些交流，让我更清楚地感受到户口对他们的禁锢，所以将听来的故事写出来的欲望就更强烈了。

《中国经济时报》：反面人物的身份是房地产商，这样的安排是有意的吗？

王昕朋：不是，我对房地产商并没有敌意，这样安排是情节的需要。房地产商的势力够大，可以影响到整个十八里香地区，对情节的推动有帮助。

《中国经济时报》：在这本小说中，您倾注心血最多的是哪一个人物？

王昕朋：我的几部小说里都安排了一个老人的角色。他们寄托着我的思考。这本书里，我写了一个社区的老妈妈，她是我在调研中遇到的基层工作者的缩影，借着书写她，表达了我对基层工作者的敬意。

《**中国经济时报**》：这本小说您关注的是户口问题，您能否谈一下户籍制度应当怎样改革？

王昕朋：我认为问题不在户口本身，而在于户口上面附加的诸多福利。为什么这么多人想要北京户口，就是因为它能给予高福利，而这些是没有户口的"北漂"们享受不到的。所以改革户籍制度，首先要将户口与福利剥离。但问题的解决要有个过程，不能一下子放开。比如教育问题，不能说你带着孩子来北京，我就要立马解决你孩子的教育问题，这是不现实的，对城市来说压力也太大。

《**中国经济时报**》：您的身份是体制内，却写了这么一本揭露社会阴暗面的书，可曾遇到什么阻力？

王昕朋：没有。我这本书不是专门揭露社会阴暗面，我融入了自己的思考。我觉得有问题不可怕，要把问题暴露在阳光下，想办法解决，而不是遮遮掩掩。

中原儿女的悲壮之歌

刘瑞朝

　　新年伊始，人民文学出版社推出了作家王昕朋深刻反映二元化户籍管理问题的长篇力作《漂二代》。

　　这部作品以改革开放后走出"中原故土"，在北京打拼的农民工的子女——"漂二代"为主要群体，塑造了官员、地产商、包工头、发廊老板、大学生、基层社区干部、普通民警等各类人物。

　　时代背景为北京奥运会举办前的一两年间。故事发生在北五环外的十八里香。这是一个外来人口聚集地，这里高楼大厦与低矮工棚杂处，亿万富翁与打工族聚集在一起。一天晚上，两个河南籍"漂二代"与"富二代"（一个地产商的儿子）因停车问题发生纠纷，虽起争执，却没造成伤害。地产商为了自己和儿子的面子，花重金买通个别医护和司法人员，为其儿子做了虚假伤残鉴定，随后以伤害罪为由将两个"漂二代"告上法庭。"漂二代"、问题少年张杰侥幸逃脱，初三学生、品学兼优的"漂二代"肖祥则蒙冤身陷囹圄。此后，故事围绕着为肖祥伸张正义展开："漂二代"中的70后、80后、90后各种人物纷纷登场：肖祥的姐姐肖新全力营救弟弟，而在夹缝中长大的叛逆少年张杰绞尽脑汁欲对地产商的儿子实施报复；困窘中堕落的女儿为了保持纸醉金迷的生活，不惜牺牲乡情、友情、人情为地产商作伪证；已经大学毕业参加工作，但生活处处不如意的肖祥的哥哥肖辉束手无策；被地产商重金行贿，与地产商亲密无间、政治上迷失的副区长千方百计为地产商开脱；老北京居民、社区干部、普通民警为伸张正义不懈地努力……几个少年的一场并不起眼的小纠纷将十八里香卷入了旋涡。

小说以"漂二代"巨大的"异乡人"困惑为基调，对"北漂"尤其是"漂二代"的中心话题进行了"长镜头"式的聚焦。

整个案情最后主要还是依靠了区委书记、区政法委书记的亲自批示、听取汇报并下达指令，才迅速瓦解了汪光军和冯援朝的阴谋。但这个结局并不让人感到轻松。最终我们看到的是"漂二代"依然如故，自我励志可使基本生活状况有所改变，但加诸他们身上的现实问题仍没得到很好解决。小说结尾，作者写出底层内部需要自我改良，如此虽能看到一线曙光，还远远不够。包括户籍制度、分配制度等制度变革需紧随其后，各个阶层也当建立良性的互动，否则这将是仅局限于个案甚而只是小说的"想象"而已。

作家王昕朋现供职中央国家机关，上个世纪 90 年代末曾在我省商丘市政府挂职锻炼，先后出版过以反映中原生活为题材的长篇小说《天下苍生》《团支部书记》，中篇小说《北京户口》等。作为一个曾经在河南工作过的同志，他对河南怀有深厚的情感，基层的历练使他对外出务工的农民打工一代、打工二代的生活有了深入的了解，对他们满怀憧憬奋斗不止的精神充满了敬仰，笔触下的感叹，让我们能够真真实实地感受到一个具有社会责任感和同情心的作家勃发出来的阵阵暖流。作为劳动力输出大省的中原儿女，很容易能够从中找到自己的影子。

长篇小说《漂二代》展现
农民工子女生存状态

明　江

6月16日，由中国作协创作研究部、文艺报社、人民文学出版社联合主办的长篇小说《漂二代》研讨会在京举行。中国作协党组成员、副主席、书记处书记廖奔出席研讨会并讲话。雷达、胡平、叶梅、孙德全、张陵、曾镇南、白烨、彭学明、师力斌、李美皆、李朝全、崔艾真等评论家对该书进行了研讨。研讨会由中国作协创研部副主任梁鸿鹰与《文艺报》副总编辑王山共同主持。

廖奔谈道，《漂二代》表现了农村中国、农业中国向工业化、信息化中国转化过程中的阵痛，作者通过户口这一问题表现了中国农民关于这种阵痛的特殊体验。中国农民为城市、为中国的现代化发展，作出了巨大的贡献，当下的都市化进程中，很多城市需要农民工的劳力，却排斥农民工带来的城市人口增多，这是一种文明的悖论，在这本书里，作者能直面这个悖论，并把这个悖论提交给读者，引人反思。作者站在弱势群体的立场，对他们投注人文关怀，这种正义感和同情心难能可贵。

　　这部讲述农民工后代城市生活状态的长篇小说《漂二代》由人民文学出版社出版，是作家王昕朋参加中国作家协会定点深入生活后创作的长篇小说。作品以"漂二代"为主角，用生动的笔触写了农民工子女在当下的城市生活中的多重困扰和挑战，展现了"漂二代"的生存状态和悲欢离合。与会专家们表示，从写乡村农民到写城市的农民，再到写"漂二代"，现在的农民题材写作正在不断拓展。作品不仅写出了社会问题、户籍问题，而且写出了特殊人群的无归属感、身份焦虑感、漂泊感，以及由这些感觉体现出来的尊严问题，直击了当下的社会心理问题。作品笔下的人物鲜活，语言质朴、泼辣，可以说是一份新近的北京生存报告。

　　与会专家们认为，这部小说既正视历史的阵痛，又憧憬未来的光明，既正视生活的暗淡，又讴歌时代的亮色。这样的创作，源于作家在直击丑恶与病相的同时，以热情而饱满的笔墨，塑造了一系列既植根于当下生活土壤又闪耀着理想主义光辉的人物形象。评论家们同时对小说的艺术手法、故事结构提出了不同的看法和意见。

何以人间

——评小说《文工团员》

曾攀

对革命、政治与艺术及其主体的叙事，成为了一个世纪以来中国文学的一种倾向性的书写，这一方面固然出于文学与艺术自身感时忧国的传统，另一方面则是政治的需要。如果从艺术历史的层面观照，那么政治性与革命性叙事，无疑已然形成了现当代艺术的主流之一。然而，研究者在述及那些以政治、革命与战争为主题或背景的艺术／小说时，也往往诟病其在意识形态的侵扰下所采取的主题先行的创作理念，从而损伤了自身的独立性、艺术性和纯粹性。在这种情况下，长篇小说《文工团员》却选择了直面这些潜在的问题。

小说将革命与爱情、革命与艺术以至体制与生活加以糅合，整理进了20世纪中国的历史，而唤醒和激活历史的方式，则是通过塑造一群代表着政治与国家意志的艺术共同体——文工团员。小说讲述了以何花、苏波、童灵、马东东、金玲、陈丽丽等人为代表的几代文工团员的悲与欢、离与合、挣扎与奋斗。然而值得注意的是，作者无意于展现中国20世纪波澜壮阔的历史，对革命、战争也无甚关心，而是出乎其内牵出新的线索，引入新的维度，那就是人间与生活，尤其是寄寓于政治之中与体制之内的生命状态。

体制常常代表个体不得不遵循的量度规则，在这个过程中必然在一定程度上丧失自身的主体性。然而在小说《文工团员》中，这一叙事模式得以打破，作者通过体制内的共同体——文工团员，将他们情感、事业的复杂性与丰富性呈现了出来。可以说，体制化作为当代中国的特殊产物，却在《文工团员》这一小说文本中，被描述成了一种趣味横生的生活世界，何花的挣扎与欢欣、童灵的怨恨与爱恋、白菊的困厄与奋发、马东东的豪迈与差池……在在令人唏嘘感慨；而人的精神内核与生活意趣，也在风雨飘摇的历史境况中，通过艺术中和、转化甚而升华外在世界异动所带来的冲击。

事实上，文工团员结成的是体制内的共同体关系，固然会受到来自于意识形态层面的影响，有时候这种影响甚至是决定性的；然而，这并不就代表艺术的凝滞与生命的僵化。具体而言，在表现文工团员摆脱或说纠正这种政治层面的影响时，小说巧妙地书写了三个重要人物——军人马副司令、知识分子金浪与底层人民胖嫂，他们环绕于文工团员的周围，以情爱、婚姻、家庭或友人的关系，劝慰、激励、鼓荡着文工团中的艺术队伍踏步向前。

对于马副司令而言，小说将他和何花之间原本轰轰烈烈儿女情长的爱情隐匿得很好，甚至一开始是压抑的，直到后来才通过将其内化于生活而慢慢舒展出来，在婚姻、家庭与艺术坚持中加以铺叙。例如何花对金浪的爱，很快便让渡于与马副司令的婚姻，这里的意图很明显，作者并不想展现错综复杂的情爱纠纷，而主要将笔触集中于何花在形成家庭之后的生活细部，以及她在文工团的艺术坚持。何花生产之后，马副司令担心她穿高跟鞋不方便，于是擅自对鞋子进行了"改造"，何花"有一天打开鞋柜，发现童灵送的高跟鞋不见了，她自己买的一双高跟鞋也不见了。再仔细查找，发现那两双高跟鞋的后跟变成平底了。她马上明白了，是老马把鞋跟给她拿掉了。她提着鞋到老马面前一扔，看看，你就没事搞破坏吧！老马头也没抬，嘟哝着道，我搞破坏，我成阶级敌人了"。无论是革命、战争、动乱还是死生，叙事者都选择了通过生活的细节进行叙述和呈现；而作为军人的马副司令所代表的阳刚之气，与作为体制艺术何花的纤细情怀得以珠联璧合，也似乎折射出了在历史的波澜壮阔中，却始终无法摆脱更难以舍弃的心灵世界的涓涓细流。

而金浪的出现，则为文工团提供了知识分子的价值和营养，尤其是他即便在严酷的政治冲击中，仍旧保持一种尊重艺术、固执坚守的态度。在这个过程中，知识分子的风骨气度虽然显现无遗，但在小说的叙事处理上，金浪的出现，却始终没有掩盖文工团这个艺术共同体本身的鲜活和生命力，尤其是何花、童灵、祁小丽、金玲、白菊等人的懵懂、冲动、坚持和韧性，始终成为活跃于文本世界的重要环节。从中也可以见出写作者的叙事倾向，也即自始至终基于民间的、生活的立场，一方面通过知识分子的特质，对多以底层出身的文工团员形成一种特殊的对照，并对其进行补充、修正和启示，提示文工团员在知识上的系统性与精神上的独立性；但另一方面，庙堂之上的崇高却一直在叙事中让位于现实人生、情感和生活细节。小说的人间情怀也于焉显露无遗，试问这又何尝不是一种更具灵魂和生命的人格呢。例如金浪呕心沥血搜集和整理出来的《北方民歌大全》，在动乱之后得到发掘和重现，并由其子女交付出版问世，然而叙事者则淡化其中的影响和功绩，而是更多地将笔墨聚焦于人物的情绪与心理，甚至还特别地呈现出何花与童灵因金浪而生的情感龃龉；而金浪对艺术的坚持，因为政治动乱未能延续，最终却通过何花、马东东等文工团员加以传承和发扬，这似乎也印证了前面所述及的小说的叙事倾向与叙事伦理。可以说，在这个过程中，作者巧妙地将艺术单独从革命中剥除出来，与此同时，又将情感从革命与艺术中抽离，一头扎进无边的现实人生，在布满情思和爱怨的人间洪流中洗涤灵魂。

胖嫂这个人物，同样展现出了非同寻常的状态，其对文工团员的意义，尤其是对主人公何花生命与生活的影响，是至关重要的。胖嫂出身底层，显然游离于文工团的集体，而且也与历史周遭似乎无甚关联，而是完完全全从生活中走来的人物，她有情有义，既能照顾马副司令的生活，同时也作为何花爱情、婚姻与家庭的指引者，在胖嫂身上，能够体现出事理与情理在寻常生活层面的渗透，如是这般的通情与达理，也成为了革命／战争、艺术／情爱之外的另一层生命的智识。

　　虽说文工团员存在着某种共同体的关系，但是她们的出身、性情、才艺以及命运，都彼此迥异，从而令这一颇具政治化与意识形态色彩的艺术群体，重新焕发了生机；更为重要的是，共同体在形成的同时，叙事者却通过故事的叙事与人物的塑造进行逐一的拆解，其目的显然是为了更为鲜明地表现这一群体中的主体独特而唯一的生命形态。不仅如此，在小说的文本世界中，作者还往往将叙事与抒情的痕迹隐没，而突出的是时间的流动和人间的活法，尽管叙事者在历史的跨度上进行了正常的推演，但却能在寻常的时间中，演绎出无常的生命特征和人生状态，从而令叙事本身融入人物和故事之中，也让人物的性格和感情得以于焉自然生发。

　　最后，回到开头的问题，在《文工团员》这部长篇小说中，可以说直面了一个世纪以来的关乎国族、政治以至体制的书写困境。其首先将叙事的文本视为特定的文类"长篇小说"，释放出其中的广袤而开阔的文学性；接着从美学倾向和形象修辞的方面出发，形成蕴含其间的叙事伦理与人物群体；在这个基础上，经营出一种小说美学与人间情怀，并在其得到充分展现的前提下，自然而然地将国族观念、性别意识、革命以及夹杂其间的道德伦理和历史/政治意涵呈现出来。也只有在这种情形下，小说才可以既兼顾革命历史、政治生态与体制生存的历史主题，与此同时又保证文本世界中的"小说"性、文学性与艺术性不被束缚。如是这般，则在围绕或蕴含于体制内外的历史寄托和革命意旨得到更深入的探究的同时，又得以将其中丰富而启迪人心的人间意味传达出来。

　　茫茫人间，乾坤挪移，历史的沉浮，总也不落人世的明灭。小说中饱满而丰富的文工团员及其周遭生活，大则历经战争革命，小则不过爱恨情仇，以至于家长里短鸡毛蒜皮，都统统重新考量至时间和历史的账面之上，令一个世纪以来的中国书写，多了一重非比寻常的意义，那就是人间——在那里，广袤、繁复而持重的生命在壮阔的时间轴线上，存活，生息……

大爱与历史同行

——读王昕朋的长篇小说《文工团员》

古耜

实力作家王昕朋的长篇小说《文工团员》（载《中国作家》2015年上半年增刊），讲述了多位从战火硝烟中走来的文工团员，同新中国一起栉风沐雨、曲折前行的故事。倘若单从题材和故事的角度看，这似乎不那么稀奇新鲜，只是当你通读全篇，却依然会收获陌生的体验和独特的启示，进而意识到作品的丰沛充实，异于寻常。而一切之所以如此，在我看来，则是因为作家在构思和构建整部作品时，自觉注入了"通"中求"变"、推陈出新的努力，以致使似曾相识的历史场景，有了新的内涵和新的意味。

从新时期到新世纪，大时段、大跨度地书写和平环境中军人生活和红色人生的作品屡屡可见。这些作品通常锁定人物的政治生活和历史命运，它们留给读者的，大都是严肃深沉的内容和刚健宏大的主题。《文工团员》也是一部聚焦共和国军人生活和红色人生的作品，而构成这部作品前场视景的，是文工团员们及其子女后代，在长达六十多年的时光长河里，所拥有的爱情经历和婚姻生活，是他们的爱情和婚姻因为被不同社会环境所濡染、所裹挟，以致生出的恩恩怨怨，曲曲折折，悲悲喜喜，忧忧乐乐。所有这些，交织成一幕幕缤纷多彩的情感活剧。其中的精神指向固然不乏"问世间，情是何物"

的生命探求；但更重要也更见力度的，无疑是对笔下人物浸透于日常生活的纯洁情感、高尚操守的由衷激赏，是对他们在理想照耀之下所呈现的道德与人格之美的热切弘扬——这庶几是作家的文心所在，也是一部《文工团员》的显见优长。

在《文工团员》中，何花、马虎这一对红色恋人的情爱长旅，构成了最基本的情节线索。部队文工团出身的何花，原本是一位喜欢唱二人转的东北乡下姑娘。在父母双亡，被婶婶强行嫁人的路上，她不幸误入战场，被解放军团长马虎救出，进而参军。戎马倥偬中，马虎喜欢上了何花，最后经组织介绍，二人结为伉俪。毋庸讳言，这是一个因为积淀了特定历史时期红色记忆，所以被许多人所熟知的爱情故事。值得注意的是，由于观念背景的转换，这样的爱情故事在近年来的小说叙事中，常常披蒙着被质疑、被反讽和被解构的色彩；而它在《文工团员》中，却得到了足够的认同和积极的诠释。你看，在作家笔下，已经是省军区副司令的马虎，虽然依旧保留了战争中养成的果敢与强悍，但在表达对何花的爱情时，却丝毫不见生硬与傲慢，而每每是粗犷中兼有执着，细密里不乏大度，风趣间透着体贴。面对比自己大二十岁的马副司令的求爱，何花尽管有过彷徨与痛苦，甚至发生过抗争与逃避，但她很快就发现，老马善良、诚实、刚毅、宽容，其实颇有可爱之处。而在自己对老马的感激与敬畏里，原本就包含着爱……于是，她默默地接受了眼前的婚姻，情感也渐渐向对方贴近。

在接下来长达数十年的时光里，何花和老马像许多普通夫妻一样，经历着岁月对情感的磨蚀和对婚姻的挑战。由于性情气质不同，角色责任有异，他们在一些生活细节和家庭琐事上，或许不无争争吵吵、磕磕碰碰。然而，一种依凭共同的信仰、事业和经历所形成的共同的价值观、是非观、荣辱观，决定了他们每当面对重要人生选择和事关道义的问题，却总能够彼此理解，心心相印。不是吗？因为男人的一点小私心，马虎并不情愿让何花去艺校学习，但考虑到何花的成长和部队文艺事业的发展，他还是给予批准；何花热爱部队，本不想转业，可是为了支持丈夫的工作，她坚决服从组织安排；买手风琴本是何花的专业急需，然而，当她得知丈夫一直在用有限的津贴接济军烈属，便当即放弃原来的打算。至于在社会风浪的起伏变幻中，他们更是一向不弃不离、同舟共济。应当看到，作家这样状写何花和马虎的情感状态与婚姻历程，应有其艺术的潜台词———一段时间以来，一些作品在描写婚姻爱情生活时，把较多的笔墨留在了两性相悦的生理层面，作为对曾经的禁欲主义的反拨，这固然有其必然性和必要性，但如果矫枉过正，由此忽略甚至否定了婚姻爱情中的精神要素和理性成分，即一种大爱的支撑，那么，便同样是生活和人性把握的简单化与浅表化。

作为着重透视爱情婚姻的长篇小说，《文工团员》不仅致力于题旨的独特性，而且追求内涵的丰富性。在这部作品中，如果说何花、马虎的同心携手代表了爱情婚姻的理想境界，那么，环绕在何花和马虎周围的几个文工团员家庭和几代人所具有的五色杂陈的爱情婚姻景观，则呈现出生活和人性原有的复杂性与多样性。譬如：童灵与金浪的结合看似郎才女貌，十分般配，但实际上至少在童灵一方，早就蛰伏了轻飘与虚荣的软肋，唯其如此，政治运动一来，她就难免会有失态的举动。白菊天生丽质，但其爱情和婚姻却屡遭曲折与错位：为了得到户口和编制，她嫁给残疾劳模赵超群，可谓有婚姻无爱情；她和石岩有爱情且有生育，但碍于名分，多年来只能苦苦寻找或默默相望。马东东和金玲是青梅竹马，有情人终成眷属，但生活于物欲横流的现代都市，依旧抵御不了种种压力、欲望和诱惑，最终劳燕分飞……所有这些，似乎都在提示今天的人们，务必读懂爱情婚姻这部大书，同时反衬出何花、马虎的美满婚姻，委实来之不易。

与作品的题旨营造和意蕴追求相呼应，《文工团员》在艺术表达上亦下了一番功夫，并收到较好的效果。作品描绘的主要人物，如何花、马虎、胖嫂、白菊等，均具有鲜明的性格特征，其中马虎的豪迈风趣、胖嫂的诙谐爽朗，更是栩栩如生，跃然纸上。在塑造人物的过程中，作家借鉴中国古典小说的手法，坚持以富有包蕴的人物行动来暗示其内心活动，结果是既节省了艺术笔墨，又加快了叙事节奏。倘要论及不足，窃以为比较突出的一点是：作品描写了三代人的爱情婚姻生活，但作家使用的却是自然时间和线性结构，这就酿成了作品的内在矛盾，即越到后来，人物越多，相互关系越繁复，而表现空间却越狭小。在这种情况下，作家的叙事无形中陷入了被动——因为忙于各种头绪的梳理与交代，以致不得不弱化了对人物精神世界的发掘。这庶几是作家在修订全书时应该注意的。

文工团员：熟悉的陌生人

师力斌

　　王昕朋是文学老江湖，上世纪八九十年代已经出道，之前一直默默写作，少问收获。近几年创作井喷，一系列以现实为题材的小说引发关注，其系列小说《红夹克》《红宝石》《红宝马》，《并非游戏》《并非闹剧》《并非虚构》，以及《北京户口》《村长秘书》等代表性作品，都以当代新事物、新经验、新问题为对象，广泛而丰富地讲述着中国故事，在题材的发掘上提供了启发，那就是，时代是创作的不竭源泉。长篇小说《漂二代》以奥运期间来京打工的"漂二代"和"富二代"间的纷争为线索，描述当下的阶层关系与法治状况，是文学对时代的及时捕捉和新鲜思考。

　　他的长篇新作《文工团员》将眼光转向历史，不再满足于现实的单维画面，以一个乡村女孩何花遭遇文工团的人生为线索，带出一批文工团员的人生命运，对文工团的历史进行了扫描，是他创作上的新尝试。

　　文工团是现代中国文艺的一种特殊建制，起源于中国工农红军，经历了抗日战争、解放战争、社会主义建设以及改革开放等各个时期。文工团的兴衰成败、起落沉浮，成为当代中国历史进程的一个侧面，也是中国文艺的一个缩影。提起文工团员，似乎我们很熟悉，其实又很陌生。平时熟知的很多明星大腕都是或曾经是文工团员。对普通公众来讲，文工团到底是怎样的团，其实并不清楚。

《文工团员》似乎提供了理解文工团历史的一个路径。从主人公何花偶遇部队，到加入文工团，解放后从军队文工团转业到地方文工团，再到文工团改制成为歌舞话剧团，勾勒出明显的历史轨迹。

小说包含着丰富的旨趣，不止于讲述文工团的历史，还在于其现实指向。现实是小说的重心。《文工团员》最精彩的部分，是对人际关系的描述。以何花、金浪为代表的老一代文工团员，以马东东、秦巧巧为代表的"团二代"，面临不同的社会情境，有不同的人生选择，信奉不同的价值观念，都鲜明地打上时代烙印。马东东主持改制后的文工团评定职称的一段堪称精彩。虽然说文件上规定得很明白，专著、论文、获奖证书、外语一样都不能少，但对于多少年只知道唱歌跳舞的文工团员们来讲，这些东西最后都成了摆设。马东东通过编著出版《北方民歌集萃》有了专著，通过了破格二级作曲的申报。陈丽丽破格的条件不够，但也"破格"了，原因很简单，"她的妈妈陈小妹是文化厅职称改革办公室主任"。杨辉直达省职改领导小组，带回来一个副高"戴帽指标"。金玲文凭不够，"马东东忽然有了主意。他带上一幅著名书法家的墨宝，去了他的母校，把这墨宝送给了他的恩师系主任，如此这般运作一番，系主任给出了一纸证明，盖了本系公章，证明金玲曾在本系进修一年。这样，金玲的学历就可以相当于大专"。到这里我们就发现了人的历史转变，曾经的草根团员及其子弟，已经变成体制的一员。

小说饶有兴味地描绘了两代文工团员的价值观的转变。"团二代"马东东这样说："妈妈，您总是这么说。您怎么不能与时俱进呢？当今社会，艺术离开了钱，是没法生存的。你要演出，没有钱行吗？你要出唱片，没有钱行吗？你要搞画展，没有钱行吗？你要学一门艺术，没有钱行吗？电视台搞歌手大奖赛，更是离不开钱！"马东东被北方艺术学院聘为教授，他当导师带学生的逻辑更加赤裸："谁开好车、名车，就说明谁有本事有钱，我就捧谁。她没钱，我推她也没有用。"马东东最终倒在姚天的石榴裙下，就像马北北倒在秦巧巧的怀里一样。文工团员的两个男性后代的变质，是小说的批判性所在。

《文工团员》当然是虚构，并非真实，但它所想象的大量细节，所包含的现实思考，都让我感兴趣。

三篇反映文工团小说之比较

——读王昕朋的长篇小说《文工团员》

疏延祥

文工团全称"文艺工作团",是运用歌唱、舞蹈、演剧等多种形式开展宣传活动的综合性文艺团体。它应该起源于红军时期,经过抗日战争和解放战争时期的发展,有了一定的规模,主要配属于部队,为部队战士和人民群众服务。到了新中国成立后,部队和许多行业都有自己的文工团,它对中国人民的解放和建设事业曾起过不小的作用。新时期和新世纪以来,以它为背景和反映它历史的小说,据我所知有三部。一部是王安忆的《文工团》,它是以某个地市级的文工团在粉碎"四人帮"前后的20世纪70年代中后期的生活和人物为描写对象,这个团有懂柳子戏的老艺人,也有从正规学校毕业的学生、复员军人、知识青年、社会闲杂人员,这种新旧并存是王安忆要表现的情况之一,但王安忆的主要笔墨还是放在计划经济体制下的剧团生活上,剧团演戏要根据上面的精神,好不容易抓了一个戏,可类似的电影版本有了,剧团的努力只能是白费功夫。就是这样,文工团仍然吸引着无数的家长和年轻人,他们宁愿自费跟着剧团学艺,因为剧团的工作比插队那是一个在天上、一个在地下,就是知青回城风刮起来,剧团也是有工作的好去处。从今天看,王安忆这个小说的价值在于它通过当时地方文工团的状态反映了计划经济体制下的行政命令对剧团的束缚，同时也从侧面反映出社会的就业状态和当时的文艺生活、风土人情。

另一部反映文工团生活的是严歌苓的《一个女人的史诗》，其实这部小说也可以取名为《文工团》或者《文工团员》，小说主人公田苏菲就是一名老文工团员，她参加工作是在抗日战争时期的 20 世纪 40 年代，加入的是皖南新四军部队，一个月新兵训练后就加入了文工团，此后虽然转入话剧团，但也算一个系统。我们通过《一个女人的史诗》，可以看到文工团在新中国成立前后的发展历史和生活的诸多细节，比如小说中田苏菲因为胆子大、声音大、动作大，在革命战争时期如鱼得水，因为那种文绉绉、讲究演员文化素养的《哈姆雷特》式的东西在当时的广大农村和工厂没有观众，小菲的天然本色和初生牛犊不怕虎、略带夸张且有些粗糙的表演恰恰是观众需要的。当然，解放后随着和平建设时期的到来，随着向苏联戏剧理论和表演界的学习，对专业的要求随之提高，田苏菲因为好学，加上有一个有文化、懂戏的丈夫，逐渐地也开始了脱胎换骨的改造，反右、"文革"和 20 世纪 80 年代文学艺术重新焕发生机，田苏菲也在大时代中或浮沉，或挣扎，《一个女人的史诗》对此描写也有价值。不过整部小说给人的感觉是，文工团是背景，写田苏菲才是作者努力的方向。

如果说王安忆的《文工团》选取的是新中国时期文工团的一段生活，而严歌苓《一个女人的史诗》尽管写了文工团 20 世纪 40 年代到 90 年代的历史，但如前所述，侧重点在人物，那么，王昕朋的《文工团员》（《作品与争鸣》2015 年第 11 期和第 12 期）则全景式地对中国社会主义体制下的文工团进行了描绘，其中既有文工团波澜壮阔的历史，也有文工团从 20 世纪 40 年代到新世纪六七十年来的各色人等的表现。

《文工团员》中描写的这支北方省文工团在解放战争时期为东北的解放作出了贡献，他们和战士一样转战在白山黑水之间，无论是行军途中的放歌，为战士加油，还是在战争间隙演歌剧《白毛女》，都大大激励了战士杀敌争光的士气，为此她们常涉险境，何花等文工团员差点被土匪凌辱，丢掉性命。解放后，这支文工团通过培训，专业化程度提高，他们大部分转业到地方，为社会主义事业再立新功。虽然在反右和"文革"中遭受重创，虽然在市场经济的大潮中也产生向钱看的问题，但他们演《警魂》，为人民警察唱赞歌，给农民工送戏，都表明他们还是人民的艺术工作者。

如果比较一下严歌苓的《一个女人的史诗》和王昕朋的《文工团员》，会发现一些相同和相异点。第一，何花和田苏菲参加文工团都带有一种偶然性。田苏菲是因为毛衣丢了，不好向母亲交代，恰在此时，要参加新四军的同学找到她，于是便一同到了皖南，进入了文工团。而何花是本来准备出嫁，迎亲队伍受到国共一场战斗中的炮击，炸得人仰马翻，她被解放军保护下来，就这样留在部队，成了一名文工团员。

第二，何花和田苏菲在文工团脱颖而出，都不是因为专业才能，而在于他们的本色表演合乎时代和战士的需要。何花会唱二人转，东北战士和乡亲喜欢，田苏菲的非专业表演恰恰受到那个时代底层和没有多少文化的士兵和农民的欢迎。

第三，小说中田苏菲和都汉、欧阳萸的关系，与何花和马副司令、金浪的关系也有一种相似性。都汉和马副司令都是铁骨柔情的汉子，没有多少文化，他们一个爱看田苏菲的戏，一个爱看何花的戏，而欧阳萸是才子和专家，金浪也是。欧阳萸、金浪分别对田苏菲和何花的文化修养、演技的提高有帮助，田苏菲爱欧阳萸，何花也爱金浪，都汉和马副司令分别是田苏菲、何花一生的保护人。不同的是，都汉没有和田苏菲结成伴侣，而何花和马副司令结合了。田苏菲和欧阳萸的关系多少有一点虐恋的意味，何花和马副司令也是。在田苏菲和欧阳萸漫长的一生中，田苏菲是心甘情愿的受虐者，而在何花和马副司令之间，马副司令容忍何花这样和那样的小性子，一心一意宠爱着她。

比较田苏菲和何花，我们认为，田苏菲演戏除了要强外，主要是为欧阳萸，她是一个为欧阳萸而活着的人，而何花固然要强，但她演戏，主要是为文工团，为人民群众，她有集体意识、大局意识，有身为文工团员的荣誉感，所以她后来成为文工团团长。就是退下来，她还关心文工团事业的发展，把老伙伴和家庭成员组织起来，给农民工送戏。

我们看《一个女人的史诗》，如果从文工团的角度，显然是不全面的，因为和田苏菲一起进入文工团的只有小菲从头至尾是一线演员，而小伍等人后来和文工团大抵只有间接关系，而在《文工团员》中，除了何花外，童灵等人都和文工团事业相伴始终。童灵后来辞职离开文工团，但她办了专门培养孩子的艺术学校，这个学校后来为何花、童灵她们曾经供职的文工团输送了不少人才。同时，何花、童灵、祁小丽、白菊等人的感情纠葛都是在文工团这个集体中发生的。与《一个女人的史诗》不同，尽管两部作品都写了第二代，但《一个女人的史诗》中作为文工团的第二代只有欧阳萸和田苏菲的女儿欧阳雪，而且她的故事已和文工团事业没有什么关联，她在部队里是作为电话兵，后来在电影放映队，给部队写广播稿。但在《文工团员》中第二代大抵还是在文工团系统，而且他们的形象也很鲜明。比如马东东作为何花的儿子，受母亲演艺生活的熏陶，长大后也开始与文工团有了不解之缘。后来他通过整理母亲冒险收藏的金浪遗著《北方民歌集萃》，发表论文，创作歌曲，顺利评上高级职称，接替母亲当上了北方省文工团的团长。尽管他后来把持不住自己，有了"小三"，但只要母亲一声令下，马上为农民工送戏奔走。而金玲作为文工团的第二代，她也承续了母亲童灵的事业，成了名演员。为了改善自己的住房和经济条件，她拼命演戏，只可惜丈夫马东东对不住这份付出。小说把马东东和金玲设计成同一个文工团的第二代，还是青梅竹马，这对表现文工团这个超过半个世纪的集体，无疑是合适的。

秦巧巧作为文工团员的后代，她为了出名，甘愿当黄总的情人，为了黄总能拿下某基建项目，主动勾引政府工作人员，她是一个既适合在舞台上表演，也适合在社会大染缸里浸泡的人。白菊在《文工团员》中既可以算第一代，也可以算第二代。她是在20世纪50年代困难时期由何花收养，有一定的艺术天赋。进入文工团后，她努力唱戏，迅速成为舞台上一颗亮丽的新星。只可惜剧团不能为她解决编制问题，这有体制上的原因，也有人为因素。白菊这样的弱女子只能献出自己的身体，才有编制，而为了有商品粮户口，她只好嫁给矿难中成为英雄、同时又失去男人生理功能的赵超群。她的挣扎，她的为生存而做出的一切，我觉得是《文工团员》的一大亮点，她后来自谋职业，在歌厅唱歌，独力把女儿赵梦桃抚养长大，都是值得赞许的。而她在北方省文工团成立六十周年大会上的倾情表演，说明她从来没有忘记这个集体。她说对一个演员来说，形象、嗓子重要，但德更重要。这是她终生的经验，也说明白菊从来都没有忘记演艺和做人的标杆。她的沉沦，令人叹息；她的坚强，令人敬佩。她的女儿赵梦桃不仅延续了她的演艺事业，而且在道德上毫无瑕疵，她生父（她不知道）石岩为了获取利益，把钱打到她恋人赵北北的账户上，她非常气愤，还由此离开了这个给她很多帮助和照顾的生父创办的公司。

小说中胖嫂这个人物塑造得也有特点，她虽然不是文工团员，但和马副司令、何花很熟，照顾了何花，尤其是马副司令一辈子。

我觉得《文工团员》是一部值得肯定的作品，与《文工团》《一个女人的史诗》相比，在反映文工团的历史和人物上，王安忆《文工团》侧重历史和时代氛围，时间长度不大，严歌苓《一个女人的史诗》有长度、有人物，但在表现文工团员的群像和历史上，也无法和王昕朋这部作品相比。古耜认为这是一部大爱和历史同行的作品，我是同意的。并且从《文工团员》兼有历史和人物的角度，此部长篇也适合改编成电视或电影剧本。

《文工团员》将爱情、人性、革命、文工团、市场经济、体制的内与外等话语交织在一起，奏响了一曲高大上的华美乐章。

二、中篇小说评论

梦想的幻灭与复活

——评王昕朋的中篇小说《北京户口》

刘守序

用现实主义或者批判现实主义手法进行小说创作并由此引发的文学批评，在当下都是十分困难的，原因在于小说家和批评家的文学视角已经无法不贴近身边的实际生活，而现实生活的节奏之快，社会生活变革之深刻，对于未来的期待和迷茫，都让人们深深地陷入社会生活的激流旋涡之中，而企图从中理出文学创作的具象思维和文学批评的抽象思维，就都变得十分困难。但是，有生活就有文学创作，有文学创作就一定有文学批评，如同生活的每一天，只要有太阳升起，就一定有每一天的新生活一样。梦想随着黑夜的降临而幻灭，随着太阳的升起而复活。生活总会前行，太阳每天都会重新升起。

发表在 2010 年第 6 期文学刊物《星火》上王昕朋的中篇小说《北京户口》，就是一篇在这样的现实生活节奏和境况面前，讲述一个中学生梦想的幻灭与复活的故事。选择一个小小的切口进入社会生活大层面，从而完成一次现实生活的文学反映和文学对现实生活的追问，成为当前经济社会背景下较有分量的小说作品。

　　河南商丘进京打工农民女儿刘京生，是北京某中学面临中考的初中二年级学生。她品行端正、学习优秀，多次参加市里和学校举办的中学生实力测试比赛，拿回多个奖状和证书，是学校可能"推优"的好学生。然而，尽管这一切都令人羡慕，尽管刘京生本人出生在北京，尽管她的父母已经在北京经营多年并且有几分经济实力（其母在"官批"市场做服装生意）和政治待遇（其父因为奉公守法，诚实缴税而当上区政协委员）。但是，她依然是河南商丘农民的女儿，不具备北京户口资格，换句话说，她没有北京户口。因此，她就没有资格在北京参加中考而必须回到商丘老家去考高中。这对于刘京生本人和她的父母来说，无论如何都是无法接受的。于是，为了能实现在北京读书，继续"做北京人"的梦想，他们全家开始了一番堂吉诃德式的努力和抗争。

　　身份的获得和证明，这在中外文学作品中是一个较为久远的话题，但是，在中国现时户籍制度下，又是一个十分现实的问题。经济发展和城市化建设，对于新中国成立以来一直延续的户籍制度提出了现实要求，对城乡人口的身份的平等提出了主张，同时，中国目前的教育制度存在的问题在小说中也属叩问之列。

　　于是，文学的矛盾和戏剧性冲突就在现实生活中找到了生发之地。故事情节依据生活原型而展开，是传统的现实主义创作手法之一。《北京户口》没有刻意表现出过多的文学手法，而仅仅是按照作者意图来展开故事情节和发展阶段。这样的叙述方式实际上更容易让读者进入故事之中，又倍增小说的感染力。

　　"刘京生一连几天都很累。班里为她开庆祝会，学校里为她开表彰会。她白天上课，下课还要参加补习班，回到家匆匆忙忙喝口水就伏案写作业，几乎没有空闲。大胖比她还忙，今天这个在北京打工的老乡上门祝贺，要摆酒招待；明天那个刘文革生意场上的朋友摆酒祝贺，不能推辞。忙点累点，她倒没有怨言，相反还觉得其乐无穷。在她认识和交往的河南老乡中，自己的闺女最有出息，当母亲的怎不发自内心地自豪？"

　　"花开总有花落时。这种日子很快就过去了。两周后，刘文革接到女儿班主任的电话，让他和妻子到学校去一趟，谈谈他女儿中考的问题。"

随后就是这一家商丘农民工为了自己女儿能留在北京继续上学的事情开始的奔波，他们为了自己恐怕是有生以来第一次清晰的梦想而奋斗和追求直到最后梦想幻灭。

这一部分实际上是这部中篇小说的最重要核心之一。作者是聪明的。几乎在一部中篇小说中想要说的和能够说的话，作者在这一部分都进行了交代，尽可能地把小说的视角延伸到社会生活中的多个领域，这当然是小说（尤其是社会问题小说）创作的更高目的之所在。读者在这一部分可以看到主人公所在学校的努力、老师的遗憾和惋惜；看到热心而又善良的孙姐的帮忙；看到刘文革认识的那位政府机关干部的同情和无奈；看到假冒官员、开着假牌奥迪车的刘处长的行骗等等。这里每一个人物和每一段故事，对于读者来说都是那么熟悉，那么平常，那么司空见惯，仿佛是在办公室里听同事讲述发生在昨天的身边的故事。更让读者感怀的是，小说女主人公刘京生父母为了女儿也为了他们自己的梦想的奔走呼号，最后不惜以三十万元人民币的代价，终于换来了能够圆梦的女儿的北京户口。

然而，这户口和这一切都是假的。

梦想至此而彻底破灭。

我们不必一一梳理这部小说的故事情节和其背后所隐含着的社会问题，正如作者借小说中人物之口所表达的：这一切都是社会转型期所必然出现的问题，随着社会的发展和不断进步，这些问题以及更多的其他社会问题都会随之解决并不再出现。我们宁愿相信这是现实社会中的梦想和期待。但是，事情至此还远没有终结，小说故事中的曲曲折折留给读者更多的是对现实社会问题的深刻追问和广泛思考，同时，也是对文学作品自身力量的再次验证。

在对于社会问题的关注上，小说作者选取了这样一个常见的小题目，切开一个小小的口子，进入社会生活中去，作者本人似乎也并没有想"借题发挥"，深入揭露和批判"社会阴暗面"。但是，人们无法否认小说所叙述的故事展示了当今社会风貌之一斑，当读完这部中篇，能够静下心来想想问题的时候，震撼和撞击同时向心头袭来：城市人来自何方？农村人又来自何方？城市户口、农村户口、进城打工、托人办事、择校读书等，是这样的问题太多，已经引不起人们的兴趣了，还是解决这类问题或许是个较为漫长的过程，人们已经放弃了期许？这样说来，小说最后一个情节安排了主人公出国留学，尽管刘京生一家的理想梦幻的"复活"带有几分悲凉和幻灭色彩，这似乎与人们的美好的期待多少有些矛盾，但是，也符合作者贯穿小说始终的批判精神和作品的叙事逻辑。

作为一部中篇小说，在人物性格刻画以及人物所处环境描写和开掘等方面，应该说还是有进一步拓展余地的，如同作品中所反映的社会问题的解决应该仅仅是时间问题，作品中的人物和现实生活中的人们同样可以怀有乐观的生活态度，珍惜自己的生活理想，相信社会的进步和明天生活的美好。

梦想幻灭之后，一定是新梦想坚强地复活。

缥缈孤鸿影

——读王昕朋小说《北京户口》

曾攀

百年以前，当中华帝国垂垂老矣，在黎明前的暗暗里，新的世纪喷薄而出之际，先觉者梁启超即写下了《少年中国说》，指出少年人"常思将来"，能"生希望心"，在"进取"与"日新"中，抒"豪壮"之气，发"朝阳"之光，创出一番新世界。而几乎与此同时的欧洲，亚米契斯的《爱的教育》于19世纪末20世纪初风靡全球，其中力主以博大的情怀去感悟生活中的善与恶、真与伪以及美与丑，将深沉的爱播撒到少年的心中，以涵养成正直、善良、真诚的内心。可以说，给予孩子良好的教育和健康的成长环境，成为了世界的共识，而要玉成其事，需要的则是包括孩子自己在内的家庭、学校、社会以及国家的多方探索。

小说《北京户口》以刘文革、大胖和女儿刘京生一家子为主线，围绕着北京市的户籍制度展开故事，成绩优秀的刘京生由于没有北京户口，面临着发回原籍——河南老家读高中的窘境。在对"北京户口"的态度上，刘京生是迎难而上，同伴陈北阳则是知难而退，而后者的姐姐陈开阳的"老公"刘处长，通过诈骗的手段，为刘京生提供了一个假户口。最后，身心俱疲的刘京生很无奈也很困惑，不得已只能割舍北京，背井离乡前往国外求学。整个小说以刘京生、陈北阳为切入口，叙事节奏沉稳持重，故事步步深入扣人心弦，尤其通过两个少年的心态和视野，借以打量社会周遭和感受命运遭际，当懵懂而无辜的心灵与现实的厚障壁发生猛烈撞击时，迸发出来的浓郁的困惑、辛酸和怅惘，实令人心有戚戚焉。

在小说中，刘京生乃品学兼优的好学生，在中国土地上似乎已经司空见惯，她念兹在兹的，除了分数、升学，再无其他；她对父母的包办与管束，虽然也有抗争和反感，并不是一味地迁就他们的意愿，但她的立场却与他们几乎是一致的，那就是上好高中、考好大学，此外，似已别无他途。然而，尽管她不乏父母朋友的赞赏，身边也包围着许多鲜花和掌声，但其实却有着困惑和孤独的一面，因为在"升学第一"的狂潮中，属于她内心的那个"我"被淹没了，也就是说，她无法实现自身内部的对话与交流，在自我的认知与定位上，也没有得到有效地引导和启发。因此，当自我意识为无边的宠溺以及罗网式的不公正的社会制度所吞噬之后，她感知世界的心灵被窄化了，自我与外界以及自我与自我之间的桥梁发生了坍塌。

但小说的独特之处在于，其中并没有简单地对父母的行为进行否定，而是试图将现象背后的复杂含义揭示出来，刘京生的父亲刘文革虽如闷葫芦般言语不多，但却是一位真性情的男人，甚至因为户口问题在马老师面前"仿佛喝醉了酒，眼睛红了，脸也红了，一直到脖子根都是红的，额头上的几根青筋不停地跳着，几乎要挣断了"，悲愤中透露着急切炽烈的真情，令人动容，而且他一生老实本分，宁愿自己吃亏也不偷税漏税。母亲大胖同样如此，得知女儿由于户口问题将被北京的中学拒之门外后，她"突然跪在送门的马老师面前，两手撑在地上，咚咚，给马老师磕了两个响头"。其中的苦楚和辛酸，可见一斑。然而，当千方百计筹钱给女儿办北京户口却发现这其实是一个骗局时，他们彷徨、愤懑、痛苦、迷惘，中国父母的慈爱与隐忍，都通过他们的一哭一笑、一言一行而彰显无余。由此可见，作者并非简单地批驳并取消家长的作用，而是还原家庭教育中的复杂性，无矫情不造作，从而更为健康也更为客观地去应对孩子的人格成长过程。

从时间上而言，父亲刘文革显然是经历了"文革"或是与"文革"息息相关的一代人。在这里，小说作者提出了一个至今为止颇富讨论价值的问题，即"文革"一代在踏入城市改善了生活之后，如何处理家庭生活和夫妻关系以及怎样面对下一代的发展。可以说，背负着强烈的历史感一路走来的刘文革夫妇，如何面对和处理子女的成长、教育和前途，是亟待解决的问题，也是他们自觉承担的使命。他们参与到家庭生活和子女教育当中，甚至以掌控和代理的姿态，为栽培下一代提供着最重要的精神养料和思想土壤，而其中的爱恨取舍、苦乐得失，也造成了突出的社会问题与精神困境，并且与青年一代的人格形塑与情感困境紧密相连。作者可以说是敏锐地抓住了这一点，提出了一个值得人们深思的重要命题。

不仅如此，刘文革一家人从河南老家迁移到大城市北京，虽说这种空间上的位移，可以带来显在的生活状态与精神意志的改变，但是身份的焦虑与精神的困境依然无法完全抹除，而且以农民工的职业进入城市，使他们被归入"盲流"一族，受人冷遇，被社会排挤，遭受尊严和人格的困窘，而且"农民工二代"因教育和户口问题，同样遭到城市的排拒。因此，城乡间的落差不仅仅是物质层面的，即便刘文革一家在北京买了房子安了家，也还是无法涂抹内在的"外地人"底色。更为重要的是，当刘文革一家被朋友出卖和欺骗了之后，自我身份的那种强烈的疏离感和焦虑感愈发凸显。尽管他们始终怀着这样朴素的想法："就是在北京吃糠咽菜，我也不把孩子送乡下读书。咱要下一代成为真正的北京人。"然而，也正是在这样的围绕着户口问题而发生的现实撕扯和心理冲突中，透射出来的是农民工和农民工子弟的内心悲愤与情感苦闷。如果说刘文革代表着时代进程中的缩影，那么刘京生则更多地体现为空间意义上的标识，时空两维一纵一横，犹如一个十字架，而小说讲述的也正是以他们为代表的"新城市人"背负着"十字架"的苦难与挣扎。

与此同时，与刘京生同龄的伙伴陈北阳，小小年纪却俨然有着看透世事、洞明人情的能耐，在她身上若隐若现的青春期的天真和理想，确乎已经早早地被刘处长、陈开阳等人为代表的现实世界的俗与恶所熏染，令人深思的地方在于，她的那种精神滑坡式的"早熟"，往往以理所当然甚而是自以为是的心态，大行其道，最终也难以一展自己的抱负，一步步地滑入了生活的深渊。尽管如作者所言："陈北阳这一代人是抱着彻底融入城市的念头，打死也不愿回老家。不同的归宿点，就是不同的追求，当然生活态度也就不同。陈北阳从那一刻起就下定了决心，无论如何也得想法子办一个北京户口，成为真真正正的北京人。"然而，现实的残酷使得陈北阳的遭际更加令人悲观，没有家人朋友的理解和关爱，由于出身和"户口"问题，也得不到社会的接纳和认可，虽然在学习成绩和能力素质上并不亚于别人，但是她仍仿如孤鸿零雁般，独自在天空翔游，清寂而落寞。她痛感"北京，你为什么对我们如此无情"，甚至死亡的阴影自小就笼罩在了她的内心，令人无限地悲怆和痛心。可以说，在陈北阳的身上，寄托了作者更深沉的思索。

值得注意的是，在这个过程中，作者并没有用二元对立式的好与坏、善与恶来区分和定义这些孩子。而是透过博大的情怀和深沉的爱，试图引发更深刻的思考，从普通的学校教育、家庭教育延展到更深广的维度，那就是社会制度、环境和教育对孩子的影响和塑造，尤其注重的是探讨教育公平和社会公平的问题，通过刘京生和陈北阳的坎坷，揭开了户籍政策和学籍政策背后的苦楚和辛酸，从而形成一种强大的反思力量。在这个意义而言，作者通过文学的形式，从一个小切口引向了大关怀。北宋著名词人苏轼曾有一首传诵于世的《卜算子·黄州定慧院寓居作》：

> 缺月挂疏桐，漏断人初静。谁见幽人独往来？缥缈孤鸿影。
> 惊起却回头，有恨无人省。拣尽寒枝不肯栖，寂寞沙洲冷。

联系小说的最后，马老师收到刘京生从国外发来的邮件，只有一个复杂的表情符号，不知是疑问、惊奇还是悲愤，"她不知刘京生究竟想表达什么样的感情……"可以想见，彼时独自一人远走他国的刘京生，确乎仿如一只孤寂缥缈的鸿雁，残月当空、夜阑人静之际，便是思亲想家之时。而反观小说作者，难能可贵之处就在于，其并不仅仅将笔触停留在惋惜、痛心与愤懑上，在附记中，作者指出在小说完稿后不久，北京即对一个以代办北京户口实施诈骗的罪犯施以刑罚。由此再对照小说在刘处长、陈开阳等人身上所打开的官场和社会乱象，可以见出，作者在一个虚构的文本形态中，寄寓的是与外在世界的对应，但又不是仅仅对其做出简单的虚实间的勾连和互证，而是将问题背后的复杂性和交错性呈现出来，既传达出各色人物之间的纠葛与映照，在真诚与虞诈之间，在善与恶的缠结与争斗中，道出人性深处的精神困境与内心隐忍。

鲁迅在《无声的中国》中，曾号召世人"说现代的，自己的话"，"将自己的思想，感情直白地说出来"，主张真的声音应当"大胆地说话，勇敢地进行，忘掉了一切利害"，唯其如此，方可"感动中国的人和世界的人"。小说作者与教育缺失与社会不公的凛然对视，采取了不妥协的反省、批判和抗争态度，展现出了特别的感应现实和领悟人心的知觉，"拣尽寒枝不肯栖，寂寞沙洲冷"。在良知与信念已然稀释殆尽的时代，作者通过小说真诚的力量，淬现出冷峻的思考，呼吁社会各方的注视和关爱，发出了难能可贵的"真的声音"，洪亮而辽远，执拗而持久。

幸甚至哉，兴许，在作者这样持续而坚定的声音回响天际之时，夜空中那些踽踽飞行的"缥缈孤鸿"，不会再望影兴叹、对月伤愁，而闻此"真的声音"，也会涤荡许多的孤清和绝望，在心灵深处涌动出汩汩的暖流吧。而这，便也就是小说的力量之源。

深掘水清冽

——读《北京户口》

纪学

读完王昕朋的中篇小说《北京户口》，心里难以平静。新鲜题材及精彩情节和人物性格命运，令人震撼。

中国是农业大国，任何一次社会转型，都会使它产生巨大的变化，它的巨大变化又影响推进着社会的转型。新的历史时期以来，大量农民转移到城市打工就是这样的。据有关部门统计，全国现有农民工二千多万人，在中国现代化进程中占有重要的地位，做着特殊的贡献。敏感的文学艺术，早就对农民工的生活有了数量可观、形式多样、角度不同的艺术反映，更有农民工自己写的诗歌、散文、小说、歌曲等，真情实感地倾吐了这个特别的弱势群体的酸甜苦辣和美好向往。王昕朋则把他的目光投到了农民工的第二代身上，把笔伸向农民工子女的成长处境和未来命运，写作发表了《北京户口》。这是对农民工题材的深层开掘，仿佛深挖的泉水，给人清冽新鲜的愉悦。

农民工子女的成长处境和未来命运是多方面的，最重要的又莫过于受到平等公正的教育。这也是农民工心中的一件大事。千千万万农民离开熟悉的农村，走进陌生的城市，关注的无非是工作、工资、住房、伤病保险、子女上学等，而其中子女上学又是许多人放在第一位的。对不少人来说，进城打工的一个重要目的，就是为了让子女和城里孩子一样受到比农村更好的教育。小说着意选取农民工女儿刘京生中考这一情节，敏锐地拨动了时代的也是人心的琴弦。她生于北京，在北京上幼儿园、初中，聪明好学，成绩优异，连续三年在市外语大赛中获奖，临近中考时还夺得全市"成长杯"外语大赛一等奖。然而按照政策规定，她因没有北京户口，不能在北京参加中考，必须回原籍去中考上高中。这当然是她的父亲刘文革、母亲大胖所不愿意的。于是他们瞒着女儿，为弄到"北京户口"进行了绞尽脑汁、急不可耐、不顾一切以至失去理智的奔忙求告。

小说围绕着"北京户口"设置细节，层层铺展，细腻描写。刘文革和大胖都是年轻时进城打工的普通农民，他们在北京相识相爱结婚，有了女儿，通过多年苦干，男的开了一个小装修公司，还当了区政协委员，女的在官园租了一个档口，在众多农民工里，算是打拼得相当不错的。像所有父母一样，他们唯一的希望就是女儿能上好的中学大学，有个美好的未来。可女儿面临的中考，竟成了横在他们眼前的一道难关。他们无权无势，靠自己的苦干也不可能改变政策规定。怎样才能弄到北京户口，保证女儿在北京参加中考呢？首先，他们求班主任马老师、教导主任、校长、区政协熟悉的领导，都无济于事，真是求告无门；其次，当与大胖一起的农民工孙姐找到陈开阳的男友"刘处长"，听说花三十万可以买到北京户口时，刘文革毫不犹豫地低价卖掉刚开两年的面包车，大胖也忍痛转让了官园的档口，宁愿再去给别人打工，好不容易凑够三十万交给"刘处长"；再次，派出所抓住了骗子"刘处长"，他们才如梦方醒，知道买的是假北京户口，不仅上当受骗，钱也追不回来，可谓哭诉无门；最后，在求告无门哭诉无门之时，刘文革便用新近装修得到的一笔钱，把刘京生送到国外去读书。

在这整个过程中，刘文革大胖夫妇情切、无奈，为女儿不惜一切的心态，被淋漓尽致地表现了出来，"可怜天下父母心"的形象鲜明生动感人。他们的无知以及被骗，也让人五味杂陈扼腕叹息久久回味思考。

除刘京生之外，小说还写了一对农民工家的亲姐妹。她们也因父母进城打工生于城市，在北京长大，并上到初中。姐姐陈开阳初中毕业时誓死不回农村中考甚至服安眠药自杀，被孙姐救后，先是跟着打工，又甩掉了原来喜欢的大学毕业后没有考上公务员进了一家公司的男友，和骗子"刘处长"混在一起，孙姐就是通过她认识骗子"刘处长"并介绍给刘京生父母的。妹妹陈北阳也面临中考，她怕回老家没人照顾，考不上高中，心灰意冷，写了一篇《我想死》的博客，发泄心中的伤感、牢骚和不满。她以后的路怎么走，难以预料。可以说，陈氏姐妹是绝大多数农民工子女的代表。她们不是"官二代""富二代"，父母虽想把她们留在城里上学，又无力支付昂贵的"赞助费"，更无钱送她们到国外去读书。其出路，要么回到农村去，要么留下来打工，这样都不利于她们的正常教育和健康成长；还有就是像陈开阳那样，在城里混日子，这不但是对青年个人的危害，也是对整个社会的危害。不论哪种情况，都是人们不想看到的。

即使刘京生，心灵也受到了深深的伤害。出国之前，她心里不好受，一连哭了几个晚上。出国一个月后，她给她的班主任马老师发来一份电子邮件说，我怎么也想不明白，外国都对我们这些学子敞开大门欢迎，为什么北京作为我们自己的首都，我们居住了十几年的家，却把我们无情地拒之门外？

面对如此诘问，人们的心头禁不住发紧，无以回答。当然，文艺作品只能反映现实，引发思考，不能代替政策提出解决的办法。马老师的回信说：孩子，请你相信，这种局面很快就会改变。这是给予广大农民工及他们的子女的希望。

认识中国的乡土现实

谢有顺

如果不认识中国的农村、中国的乡土现实，对中国的理解就非常肤浅和片面，王昕朋的"并非"系列就为我们打开了认识农村、认识乡土现实的窗口。

其实很多人写农村，习惯就事论事，而要真正了解农村，要了解其伦理结构、村人的思想感情，光看现实是不够的，还要知道过去是怎么样的，是怎么样走过来的，对未来是怎样的态度，对现在、过去和未来都清楚了，对农村的理解才能深一些。王昕朋对地方的观察就有一个历史纵深感，现实和历史结合在一起，正是因为有这么一个观察的点，才能写活基层的乡土生活。

现在一些作家往往在素材的积累上比较匮乏，对他所写的并不熟悉、了解。而王昕朋对农村有仔细的了解和观察，所以他的小说就有"实感"，他这个小说没有多少叙事的话语，不玩花活，很老实。从现实出发的小说有没有实感、实质的精神很重要，是不是符合现实、情理、逻辑？这个事是怎样处理和发展的？在这个点上，王昕朋处理得不错，所以他小说里面乡村的人情，包括一些非常肤浅的心机，像"老套筒子"这样的人物，包括《并非游戏》里面村支书马平安诈死，这些都可以看出乡土文化。作者有一个观察和落实的精神，不是在书斋里天马行空。

王昕朋的小说里有"人"。说起来，人物塑造是小说最基础的东西，我们二十年前读小说，脑海里会留下印象很深的人物，但现在，很多小说读过后，你根本想不起来他塑造了什么人物。王昕朋小说里有些人物给我们留下了很深的印象，他把人物形象的塑造放在了很高的位置，像马平安、张梦仁这样的形象就很生动，包括像孙向东这样的人物，包括那个吴丽丽，都很生动饱满。其实一部小说没有人物是很难立起来的，一部小说能不能被流传、能不能被记住，和它里面塑造的人物息息相关。小说里面的人物有自己命运的逻辑，也就是说作家一方面是命运的独裁者，他想怎么写就怎么写；另一方面也是受限制的人，小说里的人物会按照自己的命运往前走，并不是作家想怎么写就怎么写。

作家在处理现实，以及对现实的概括，以荒谬来呈现，是可行的。但是能不能写得更深点？拿《并非虚构》来说，前面的铺垫很顺畅，包括孙向东这样一个人物也处理得很好，但后面就显得简单化了。人物之间的矛盾如何深化？人心之中的复杂性如何体现？包括最后这种荒谬的事情如何解决？和解？需要做更深入的思考，不仅要在社会学的层面来考量他的解决方式，更要从人心、人性等更深层次的角度来考虑他的解决方式。简单化的处理，反而把更多的矛盾隐藏起来了，应该往下深入，矛盾应该往人性里面不可回避的，或者逃避不了的方面走。

另外，要注意小说文本的真实感、逻辑性问题。《并非闹剧》有一个细节，马平安想要出去的时候，他儿子马金山挡住了他，他就蹲下来在他的大腿上咬了一口，这个就显得不真实，特别草率。在现实中是不可能的，尤其是当了几十年书记的人，还是父子关系。

还有一个，这三篇小说存在着模式化问题，比如说人物的这种结构方式，像马平安跟孙向东算一类人物；吴丽丽、小河、杨花算是一类人，这些女的都没有头脑，对欲望、权力很简单地追求。作家对人物的配置略显简单和模式化。

狂欢与冷却

——读王昕朋《并非闹剧》

曾攀　秦烨

"闹剧"最早来源于古希腊的民间狂欢。在中世纪，一直延伸到文艺复兴，仪式性的狂欢活动逐渐演变成针砭封建宫廷、官僚权贵以及宗教教会的带有强烈讽刺性意味的"闹剧"。随着时间的推移，"闹剧"的能指发生了许多移变。到了我们当下，"闹剧"不再是独立的艺术品类，则更多指涉的是社会历史、生活伦理和社会道德层面的乱象，是发生在民众身边的令人啼笑皆非的现实生活场景。而"闹剧"的上演，则又往往形成了时代历史和风气人心的重要征兆。

在《并非闹剧》中，隐约透露出了重要的时间节点："新中国成立四十多年了，改革开放也十几年了。"对于此，小说提到，"现在已经进入新世纪了，社会在变，利益格局在变，人的思想、理念、性格在变，农民不是过去那样老实巴交、任人摆弄的农民了"。诚然，中国的改革开放和市场经济，对应了《易经》所说的"穷则变，变则通，通则久"的道理，然而，如何在穷境中真正地变通，避免停留在"演戏"和"闹剧"之中，又如何在城乡人民的内心，构筑起新的精神和伦理立足点，实现"通则久"，生成一个恒定、匀称、健康的社会有机体，成为了中国目下发展的困境所在。

　　小说一开始围绕着堂兄弟张梦富与张梦仁展开，一富一仁，金钱与精神，财富与伦理，彼此纠葛着，编成了一套套的"闹剧"，在偏僻的张沟村激情上演。张梦仁是乡村企业家，经营有"道"，家财万贯，成为了致富典型。"上级"立意扶持贫困乡，领导下乡视察，将张梦仁视为致富先锋以垂乡间。而老实巴交的张梦富被迫卷入其间，他的目的很简单，就是为了争取到县里的资助给村里造好学校，只要能成此志，其余都可屈伸。张梦仁的老婆"老套筒子"是故事的发酵剂，她时常歇斯底里，却又总是清醒聪明，正是她不平则鸣的"闹"，盘活了小说，也"闹"出了张沟村上下之窘态。然而，究竟是谁在导演如此这般的"闹剧"？在小说中，为了迎接上级"视察"，村里乱象一片：闹离婚、撵媳妇、假夫妻、认爹娘、领亲戚、瞎剋架……除了张梦富，其他人可以说各怀"鬼胎"，呈现丑态的"狂欢"也渐次上演。这里头，暴露了诸多的缺失与多余，需要的则是立足于社会制度与世道人心，做出适当的加法与减法。

　　张梦仁因为有了外遇，要跟"老套筒子"离婚，分别找到了张梦富与刘乡长。张和刘都反对他离婚，但前者是从传统道德和生活伦理层面加以斥责，警戒张梦仁不可忘恩负义；而后者则迫于张梦仁丈人是"老干部"的威严，"最不能得罪"而严加指责。可以说，刘乡长身上代表了官场的弊病，包括他对县委的"四眼书记"的巴结与谄媚，逼迫张梦仁"自愿"捐款，假公济私，徇私舞弊，为张梦仁与杨花办理假结婚证等。而在张梦富身上，则体现了作者更为深刻的思考。张梦富一心为了造好学校造福教育，其初衷是好的，但一定程度而言，为了达成自己的朴素的"理想"，他却以不作为和相瞒骗的方式，牺牲"老套筒子"以及自己的部分良心和尊严。在中国，似乎总有那么一种现象，"大"比"小"重要，只可顾全大局，不可因小失大，并常常以"大局"的名义和"宏大"的目标，触碰或压低道德伦理的底线。殊不知，"千里之堤，溃于蚁穴"不说，生活的"闹剧"往往打着集体和大我的旗帜，堂而皇之地上演。更应当警惕的是，那些裹挟着重重权谋的"全局观"和"大抱负"，可能将篡改和扭曲生活中值得珍重的细部。于是，便有了林林总总的"编假数字""戴假面具""造假象""说假大空话"，这都往往打着为国为民或造福地方的幌子，招摇撞骗，以求政绩、稳社会、谋人心，丧失的却是起码的人格尊严、道德伦理以及"通"以至于"久"的变革之道。

钱锺书曾经借"闹"字以说通感。推而广之，在小说中，作者逾离了感官层面的通感，而通过"闹"剧之形式，闪转腾挪，生活层面的"闹"突破了自身的范畴，延及家庭伦理和地方风气，并触及社会经济发展的并发症与后遗症，等等。社会之气本来就是一脉相通的，无数个体的历史认识与生活经验，将形成荣格所说的"集体无意识"，作用于社会主体的精神与言行。因而，扭转如此这般的瞎闹与胡闹，就显得尤为重要。《并非闹剧》这个小说可以说对此进行了深入的观察和冷静的思考，将"闹剧"的幕布訇然扯下，将一个个自以为占据了历史舞台的丑角，统统暴露在"阳光"之下。诚然，好的"有责任感"的作者理当如此，越是面对狂欢的喧嚣的现象，就越需要理性的精神的冷却。

在中国，人与人之间的伦理感情（尤其是爱情、亲情）本是最值得珍重的部分，然而，如果连家庭和爱情都可以损毁和遗弃，那么，在日常道德与生活伦理决堤之后，一出出"闹剧"俨然以正剧的面目，不断被推上社会历史舞台，也就不足为奇了。小说中，张梦仁为了摆脱原配取媚新欢，可谓机关算尽，威逼刘乡长、施计"老套筒子"、串通张梦富、忽悠首长……在穷乡僻壤的简陋舞台上，自导自演了一出"闹剧"。闹剧的高潮，是杨花和"老套筒子"为了谁是张梦仁真正的妻子，一齐到乡政府找刘乡长逼宫，一个声称上告，一个扬言喝敌敌畏。这个过程尤为沉痛，那是拿自己的感情和尊严来"闹"，"闹"完之后，将一无所获一无所有。批评家巴赫金曾提出民间世界的狂欢化倾向，认为："在狂欢中，人与人之间形成了一种新型的相互关系，通过具体感性的形式、半现实半游戏的形式表现了出来。"而以张沟村为代表的中国民间的狂欢与喧嚣，那是一种由上而下的"新型"的怪诞的伦理交互，他们视"现实"为"游戏"，折射出了20世纪90年代中后期以来的精神危机，种种怪象与乱象层出不穷，张沟村的"闹"只是冰山一角。

然而饶有意味的是，丑角们的"闹"沸沸扬扬方兴未艾，而"老套筒子"和乡亲们的"闹"，却又成了"维稳"的对象，甚至"老套筒子"还被"四眼书记”和刘乡长等人图谋将其逐离本地，不被赋予“闹”的资格。这就触及了深层次的问题。现实确乎如此，“此闹”往往通过权力甚而是暴力的方式，抑制和镇压“彼闹”，而唱主角的，还是金钱、权力与欲望，只不过这次显得那么滑稽、可笑和可悲。

与此相对应的，是小说中出现的第一人称叙述者“我”，以纯真姿态参与到蝇营狗苟的“闹剧”之中并审视之，而且这个孩童视角的叙述者时而从不同的时间点切入，与各色人物偶有接触又浅尝辄止。可以说，此形象若隐若现、若即若离，仿佛成为了这一闹剧舞台上的追光灯，聚焦主要人物与关键场景，然而，那束光其实并不属于凌乱秽杂的舞台。这显然也是小说作者苦心孤诣之所在。此外，小说的很多俚话土语也运用得恰到好处，譬如张梦仁的“二半吊子”人格以及他和刘乡长大玩“立格儿愣”、杨花和“老套筒子”的“剋架”“撕巴”、讲话像“炮台”喜欢放空炮的领导讲话，等等。鲜活生动的乡土俚语所衬托出来的，是乡村世界的闹腾与沸扬。然而，存在并不一定合理。生活伦理与感情世界中的种种乱象，令人啼笑皆非的“狂欢”，只有在经过理性批判的冷却之后，才能如作者所立意追索的“还原其‘本来’”——在此基础上，方可立诚以求变，求通，求久。

乡村中国的当代素描

——王昕朋小说对于特区的意义：一点随感

钱超英

王昕朋的"并非"系列中篇，明显具有内地乡村的题材特点，然而它们之所以出现在《特区文学》这样的"都市型"文学杂志上，我以为"并非"偶然，更"并非"多余。

这不仅仅是因为这些小说以相当扎实的社会动感，给我们传达了当代中国乡村激流交汇的政经信息，使得此地恍如即将甚或已经完成了都市化生活转换的人们，唤起了还有一个庞大的内地城乡腹地的鲜活记忆；更且，这些小说也是借助转型中的乡村故事，提醒我们不得不去凝视包括我们的特区在内的整个国度的人民那严峻的当代生态和心态。

王昕朋的故事总是从那些我们非常熟悉的社会事象中展开，切口很小很具体，创伤的痛感却很广泛。

尽管他的荒唐故事，有时会使用"来自高端权威上级的纠正"的套路来收结，但是这无法掩盖它们所留下的无尽苦笑和酸楚。就人物的社会分类而言，我觉得他小说中最值得注意的是基层干部——对之，他作了最直接的讽刺，也投注了最隐秘的同情。他们工作的奔忙直接联系着民众的苦乐，但又直接承受着自上而下的行政压力，是众多冲突的原则和利益角逐的舞台，是转型期社会矛盾的可见焦点，他们是行动者、执行者、利益协调者，也是基层治理结构（特别在乡村）的破败的见证者，更是良知拷问的痛切承担者——这一点或许提示了更有意义的生活的希望。作为我们社会里对民众"折腾"和"守护"一身而二任的角色，王昕朋的小说展示了开发这种人物形象丰富内涵的新前景。

就这三个中篇组成的"并非"系列而言，我的观感"并非"无据。相较而言，尽管《并非游戏》中的村干部为抵制集体企业的股份制改造而"装死"的情节非常奇崛搞笑，但是要论到戏码十足、戏份紧凑、峰回路转、高潮迭起，我觉得还是《并非闹剧》：为迎接高层领导的访察而在一个村庄编演的连串造假闹剧中，基层干部（包括基层社会商业精英）的左右为难、捉襟见肘、狡黠圆融有更生动的表现。

顺便一提，这篇小说揭示的形式主义的造假闹剧的确在每一个环节的描写中都充满实感，也具有相当的普遍意义。比如把口没遮拦者骗到外面旅游以免其搅局，和要求每家村民配合"表演"，每户得一百元，否则罚二百元等情节，我们在自己的行业评估中就活生生地见识过。比如，你有没有接到过这样的警告：谁跟单位过不去，单位就跟他过不去！

这样，当我们回到当代乡村问题和都市生活的关系时，也就不难追问，我们身在其中的社会治理文化，是否真的已和王昕朋的乡村描写绝缘，还是发见王昕朋所书写的也就是我们的社会处境。

另一方面，在特区的背景下阅读王昕朋的小说故事，也提示着我们的都市和乡村之间的潜在张力。在王昕朋的小说里，内地乡村的行政戏剧经常面临着一个"空心化"的难题：乡民大量离去，外出打工，以致影响了新农村和谐兴旺的布景；而特区正是内地民工流向的目标地。我们以产业化的岗位迎接乡村的人民，与之相伴的则是城市管理者对乡村残迹的大规模驱逐："农业户口"在一轮轮高速的城市化中消失，尽管有"城中村"，但也已在改造之列；深圳的地名已经基本完成对传统乡村遗迹的抹除（如"冬瓜岭"改为"彩田村"、"黄木岗"变成"华富村"等，多年前我听到一位官员问道：深圳为什么还会有"木头龙"这样的地名？）。但是，乡村，作为一种已经和将要被改变的人的来源、作为一种欲被忘却的记忆、作为一种不再归属的属性、作为一种都市的"他者"如影随形，其实一直就在特区之内，不然我们不会持续地被这个城市居民的"归属感"问题所困扰。这真是一个福柯式的悖论：那些需要被定义的界域，常常正在由边界之外的东西来决定。

　　于是，我由此想到，特区的文化艺术如果忘却了对特区以外一个激变的更大世界的承担，也将迷失自身。这或许是王昕朋连续出现在《特区文学》给人的一点启示。

价值中轴与宏大叙事

曾维浩

王昕朋的小说，故事情节看似滑稽、轻松，但是字里行间隐藏着一个价值中轴，偏得太远是不行的。那么这个中轴是什么呢？就这三篇小说来说，主要涉及了党群关系，比如说党群关系应该怎样处理才是最合适的，才是有确立性的，偏离了这个东西可能是不对的，可能是需要改造的，所以字里行间隐含了一种纠偏的因素在里面。

从我们60后的写作开始，我们有自己的价值观，也不限制这样的价值中轴，可能我们呈现一些东西，会做价值判断。文学的功能在过去被夸大了，但是现在回过头来看，有一些作品，对价值有一个确立性，还是值得肯定的。当然这个价值在什么样的位置肯定有争议，但是人们这么多年来，关于生命、尊严、爱情等价值中轴的确认，还是不容置疑的。

王昕朋善于以小见大，通过细节来进行宏大叙事，他对整个国家的体制运行，包括价值观失衡，包括人际关系，都是通过一些细节体现出来。而且他的叙事有一种荒诞不经的东西在里面。比如《并非游戏》里面，马平安的诈死就比较荒诞，但余华说过中国的现实就是超现实，中国和现实比文学作品要荒诞得多。

另外，王昕朋的小说跟60后写官场小说也有不同，他小说里的老首长跟老百姓是相通的，这是作者对长治久安的一个愿望，体现了他的平民视角和悲悯情怀。有人说，文学应该远离政治，文学归文学，政治归政治，但是前一届的诺贝尔文学奖的获得者略萨就说文学不能脱离政治。我们的文学应该，也可以表现好政治。

前不久，我在网上看到荷兰的作家说，中国的乡村变化多么巨大，但是到目前为止，文学对这种巨变还没有很好地展示出来。王昕朋的作品是一个有益的尝试。

被迷信迷失了方向的一家人

——王昕朋中篇小说《方向》简评

马振宏

　　读著名作家王昕朋的小说，总感觉他要通过小说把我们这个时代出现的许多问题的原因形象化地剖析出来，他像一位经验十分丰富的影像诊断师一样，总能找到这些社会病相的病灶和病因，而治疗则留给人们的思想意识观念自觉地纯粹、洁净上了，留给相关制度、法规的完善上了。他的《风水宝地》揭示了一些地方土地流转不顺的原因是观念及程序有问题造成的，《北京户口》写了户籍政策给人带来的尴尬和作难，《并非闹剧》反映了官商合谋制造的一场瞒上欺下的闹剧，《方向》写了升官与风水搭界后的一系列荒唐事情。

　　就《方向》（原载《十月》2011 年第 5 期）而言，它所写的孙守田一家人从其官职的升迁、生意的兴隆每每和"方向"相联，这个"方向"具有两种指涉，既指孙老爷子对家里诸事方向的掌控，也指家里大门的朝向，就后者而言，它是升官心切的孙老爷子的二儿子孙得财越来越看重、越来越日思夜想的东西，他从风水师处知道大门的方向关系到一个人、一家人的前途命运，关系到世代家业的兴衰成败，所以，他坚信如果把自家大门的方向由南改到东，一则自己可以像风水大师预言的那样由财政所所长升为县财政局副局长，两年后，又会升为正局，然后又升为县委县政府县人大县政协里的二把手甚至一把手，官途无量，前景辉煌；二则孙家将来就是水山县独一无二的"权""钱"大家，老老少少手中有大权在握，兜里有大钱可花，当县银行行长的大哥孙敬财、当县财政局农财股股长的大姐孙爱彩、把房地产开发生意做成县上首屈一指的富婆小妹孙宏财、当地税局局长的小妹夫、当马兰镇信用社主任的媳妇、在省城经营着投资公司的青年"财"俊孙兴财大侄子的官职就能步步高、金钱就能天天赚。总之，孙家大门改向后是"权""钱"两丰收，名望遍全县。孙得财于是对风水迷信得不能自拔，他有几次给父亲提出大门改向的建议，父亲没有同意，原因在于现在朝南的方向也很好，他给儿女们说："方向问题，这个，这个方向问题那是比天大的事。你们老子这辈子大风大浪闯过来，全凭老宅子的方向好……"孙敬财、孙宏财虽然没有孙得财那般笃信风水，但他们却赞同孙得财的提议，如果大门朝向改为东边，孙敬财觉得自己身上的不干净之事就可以永不败露，包养的情妇白雪也可以供自己长期玩乐；对孙宏财来说，她收入囊中的金钱就会越来越多。孙爱彩对大门改向虽然也提过，但只是为了停车方便些，出入方便些，她对大门改向可以带来升官发财这些好处没有表现出热衷之情，很多时候她只是以踏实的工作来向副局长的位子努力着。

　　一向对方向把握得十拿九稳、命中率极高的孙老爷子看透了儿女们的心思，他们的主要目的无非就是想着怎样把官做得越来越大、把钱赚得越来越多，但对靠大门是朝南还是朝东的方向去实现这些目的，就像上面所说的，孙老爷子既相信又犹疑，相信是因为他觉得自己及儿女们一向顺风顺水是房子朝南的方向起了作用；犹疑的是他看到邻居赵老头子的悲喜命运之后又觉得门的方向朝东似乎并不能给一个人、一家人带来十足的荣华富贵。赵老头子家的大门是改为向东的方向了，这也许是他的双胞胎孙子一个考上北大、一个考上清华的原因，但在赵老头子为孙子大肆庆贺的当晚他却撒手西去了。这一突然的死亡事件使孙老爷子不得不对大门改向东边就能带来官运、财运的好处慎重对待了。孙老爷子得出结论：赵老头子的死亡是由大门改向东边造成的。但这个时候，由赵老头子的死亡引发的一系列与自家的切身利益相关的事情又使他对老宅向南的方向产生了质疑。网民们认为是孙家派大女婿何文学硬和赵老头子吟诗酬唱才造成了赵老头子的死亡，何文学为此不但吃了官司而且赔了钱，更大的麻烦还在于，网民们又趁势揭发了孙家几个"官"和"商"腐化堕落、无良敛财的事情。在强大的舆论压力下，孙老爷子觉得难道是老宅的门向真的不合适了？在矛盾、疑惑难以消除的情况下，孙老爷子想大门确实得改向了，这样做也许可以摆脱麻烦、危机，于是他向孙得财发号施令：先请风水大师看看，并把老房子快速拆掉。

孙得财得令后请堂堂的、研究风水的水利局陈局长看方向也是应有之举，孙宏财派她的手下几下把老房子拆得一干二净然后又调来挖掘机在孙得财的监督下开挖地基也是对所求的成功践行。然而在他们兄妹二人全力以赴地践行风水大师的旨意，实现自己的目的时，却导致了八十岁的老父亲撒手人寰，因为他看到自家老宅的地基就是向东的，几十年都没看错过方向的孙老爷子，这次实实地把方向把握错了，这无疑是一个极大的讽刺。

然而，这里还需申明的是，作家并非要对风水观念去肯定，他只是揭示了造成孙老爷子亡故的核心原因就是他头脑里的风水观念，本为求好，却和他的几个儿女（孙爱彩除外）都迷失了方向，自己又遭亡命之结果，这实在是一个极大的讽刺。至于人们是否从这个结果中去反思自己头脑里也有的风水观念及其他一些错误观念，那就要看自己的态度了。如果能像三十年前那段时间里人们的思想观念纯一精粹、毫无杂质，那么，这种闹剧也许就不会频繁上演了。

孙家大院里上演的这出为权为钱的闹剧，使人不由得想起作家的另一篇新作《并非闹剧》来，它的一个线索是刘乡长为了保住自己的官职并进而向上再被提升，刘乡长于是在贫穷的张沟村导演了一出掩盖贫穷、粉饰富裕的瞒上欺下的闹剧。结果他不但没有被升官，反而受到警告处分。两部作品当然在主题上是有差异的，《方向》写的是升官，孙得财的这个欲望太强烈了，几乎到了走火入魔的地步，《并非闹剧》写的是官员虚搞政绩，再图升官。

《方向》对孙家老少各怀的心思展现得淋漓尽致，老爷子年高八十，但还要体现自己是把握方向的"神枪手"，结果弄巧成拙丢失性命。孙敬财默许大门改向为的是使自己的腐化将被暴露的危险化险为夷，他和情人白雪断了关系之后却被白雪狠狠地宰了一把，白雪把他在孙宏财公司的所有股权据为己有了。孙得财最终当上了财政局的副局长，但想想他为了这个位子而使老父亲死在地基之中，他坐在副局长舒适的真皮椅子上可能会常常感到内疚，感到难过。财大气粗、素质低下的孙宏财也可能在开挖一座座新的地基时会想起死得很惨、死得不是地方的老父亲的一世威严、一时错误。低调的孙爱彩后来官位未变，但她是整个孙家儿女中最问心无愧的人。

　　《方向》中出现的人物除孙爱彩的优点多一些外，其他人都有这样那样的污点。老爷子年轻时是生产队的会计，他利用手中权力在把自家的日子过好之外，他也在政治上显得圆滑机智，在政治运动此起彼伏的那个年代里，他未遭受过一点点皮肉心灵之苦，对此，他的深切体会是自己把方向把握得好，是老宅子朝南的方向好，为此，他一路顺畅地活了八十岁。正因为孙老爷子手中有权，所以他便能把赵老头子的老婆瑞兰子随时唤来玩乐，这也造成他心中的一个猜想：或许赵老头子考上北大和清华的两个孙子就是自己的孙子。当银行行长的孙敬财利用手中权力挪用资金供孙德才开办石料厂，供小妹开发楼盘以从中牟取暴利；他也像许多有位子、票子的人一样包养情妇，购置豪华别墅，开豪车，虽然最终迫于上面可能要查他的严峻形势断了和情妇的关系，但他却失去了在小妹公司的巨额股权，这也是贪欲历来都会出现的结果。孙得财在家人看来并无官相，尖嘴猴腮，心术不正，但他把官职看得高于一切，最后虽然愿望实现，但也是一个讽刺，或者说是对一些地方、一些部门对干部任用制度执行不严的一个揭露；孙得财也是一个好色之徒，他的好色在于把目标确定在了叫他姑父的遥遥身上，他强奸了遥遥，如果说，孙得财的乱伦行为是对伦理道德的有意践踏，那么遥遥在警察审讯时对孙得财强奸自己拒不承认却是对姑父乱伦行为的纵容。孙宏财财大气粗，素质低下，一张嘴脏话连篇，一遇事先想到的是利用他豢养的打手们灭了对方，痛打对方。何文学先当了七八年县文化局的副局长，后来成为县文联副主席、诗词学会会长。何文学在满嘴追求诗词般的崇高时，内心里也有许多苦闷。他常常遭受孙家人的瞧不起，遭受妻子孙爱彩的冷淡及对钱财花销上的严格控制，这些使他的身心都无所依托。他便和孙敬财的情妇白雪相好起来，并且有了一夜风流，成为白雪可以托付秘密的人。白雪把自己和孙敬财的性爱录像及孙敬财的股权证交他保管，成为孙敬财后来收敛自己言行的法宝。

《方向》提供给我们的思考是多方面的，既有对风水迷信观念实际作用的认真考量，也有对为官之人、经商之人法律观念自我觉悟、道德观念自我提升、伦理观念自觉维护等许多问题的思考。当然，从不足看，小说对优点颇多的孙爱彩的着墨有些缺欠，如果对这个人物多一些突出，那么我们在阅读的时候情绪就不太那么愤怒和低沉了。这只是笔者的一孔之见，期待更多读者进一步对这个人物在作品中的地位进行定位。

凋敝的想象

——读王昕朋中篇小说《方向》

曾攀

　　《十月》2011年第5期发表的王昕朋的中篇小说《方向》，是今年中篇小说创作的一个重要收获。这个小说不一般，随着故事的推进，思绪会吸附于其间，在清晰自然的文本肌理中，句子该断则断，干净利落，有层次感，与家族之兴衰、命运之沉浮暗合，读来也让人的情感容易随之沉潜下去，悠之游之，含之咀之，恍惚之间，小说已然收尾，思绪却仍未浮上来，颇有意犹未尽之感。

　　小说围绕着以下几对主要矛盾展开：其一是孙家与乡间邻里如赵家、韩家等的千丝万缕的矛盾牵连，赵老头子莫名离世的同时，也揭开了孙家衰颓的序幕。其二是老三孙得财与老二孙爱彩两人明让暗斗财政局"副局长"的归属，其中，孙爱彩手握农财股大权，却稳重公道几不徇私枉法，得人敬重，而孙得财是镇财政所所长，猴精狡诈的他却始终得不到父亲孙守田和老大孙敬财的支持，兄妹几人包括孙老头子都是各怀心事、各执一端。随之而来的，是第三对冲突，这与第二对冲突一样，是一直贯穿始终，并使小说最后急转直下的中心线索：孙得财与孙老爷子为了宅子的朝向问题发生龃龉，前者因为听信水利局陈局长的"风水"说，要将老家宅门的方向由朝南调换成向东，好让自己如愿以偿当上"副局长";直到被人"涂屎"了之后,开始不愿"改方向"的孙守田才真正体会到了孙家的危机,动了转宅门方向的念头;然而,拆掉宅子挖见地基才知道,老宅原本的朝向就是东面,这一切的一切,都瞬间变成了一场闹剧,得来的只有徒劳和幻灭。同样出人意表的,还有第四对主要矛盾,那就是老大孙敬财与情人白雪的真情与诈伪,白雪机关算尽,夺走了孙敬财的数千万股权,而后者则最终家破亲散、人财两空。

从这几对相互纠葛矛盾可知,如果说老三孙得财是小说的矛盾触发点,老爷子孙守田是整个文本的纽结点的话,那么大哥孙敬财和白雪则将小说推向了高潮,而水利局陈局长现身说风水和孙老头子改宅子方向的历史乃至孙得财的意外升迁,则是情节跌宕涌动的迷津和暗滩。这个过程暴露出了孙家错综复杂的地位关系和利益链条,一个曾经声名显赫的名门望族,随着宅子的破拆,最终分崩离析,这其中寄托了作者对家族生态乃至整个社会生态的严峻思考。

尽管没有构成小说的核心矛盾和关键线索,但是作者在孙爱彩的丈夫、县文联副主席何文学身上,其实还寄寓着很深的省思,不容忽视。可以说,孙老爷子的儿女们手里把着的是水山县的财脉,而赵老头子以及他的儿孙则俨然成为水山"文脉"的掌管者,然而我们看到,这两者是近乎完全割裂的,虽然何文学是孙老爷子的女婿,但是由于他是"文脉"的代表,也与孙老爷子隔阂甚深。从何文学身上可以看出,如果文学没有了担当,反倒会成为生活的负担与时代的笑柄。小说第四至第六部分讲述何文学吃官司和借钱偿债的过程,何文学起先还与赵老头子一起毫不遮掩地以读书人的"高尚品质"自居,批驳孙守田的庸俗腐化,然而一朝落魄,则尽显读书人之尴尬疲态于无遗,很多时候更显得辛酸和猥琐。在这个过程中,金钱与精神似乎总是尖锐对立的,两者之间无法构筑起沟通的桥梁。在一个"斯文扫地"的年代,背后隐约可见的,其实是财富与精神这两大社会因素从意识形态到生活现场的割裂——这也是造成财富畸形膨胀,而精神却极度萎缩的重要因由。

接下来说说"方向"二字。观察孙守田及儿孙的名姓可知,从田地到钱财再到孙家汲汲以求之的"权力","守"的对象变了,小说对于"方向"

的反思也从中凸显出来：从孙老爷子以掌舵者自居容不下权威失落，到老三孙得财觊觎财政局"副局长"之位要求祖宅大门换"方向"，再到老大孙敬财把握风向谋求自保放弃白雪以及老四孙宏财的利欲熏心与为非作歹……宗法制家族/家庭中心、官本位与唯利是图的拜金主义的诡异结合，在中国城乡间演绎了一出出的闹剧和悲剧，甚至成为了整个时代的症结所在。人不正心，官不为民，家不载情，甚至村里人在路上给孙守田鞠个躬，都令他很不自在，怀疑他人是否心图不轨。老子所说的"甘其食，美其服，乐其俗……鸡犬之声相闻，民至老死不相往来"是一种精神乌托邦，往浅里说则成为了中国乡村安宁静谧的历史想象。然而，孙守田等对邻居老韩家、赵老头子家的敌意，包括孙家内部的猜疑、排斥与为害，却都导致了情感上的"老死不相往来"，颇印证了萨特所言"他人即地狱"。这也难怪，毕竟，极度的自我必定滋生无信任感的危机状态，而以孙家为代表到中国农村甚至延伸到整体的国民性层面，都缺乏一种元认知式的自省意识，自我/家庭/家族中心的单向立场，永远无法从人的内部建立起反思的起点。

作者最后意味深长地提到了"孙家的老宅子"，"重建"无望，成了一片水塘，"大坑里的水，白天映着太阳，晚上映着星星月亮"。物是人非的大家族不仅没了"方向"，而且连根基都被湮没了。中国城乡发展也许会面临严峻的困境，但绝不可自溺于凋敝的想象，相应地，如何在凋敝的现实中立稳根基，开辟出新的制度空间、生存状态与精神想象，将决定未来中国的"方向"。而在这个过程中，如何建立起大的担当，文学责无旁贷，这也是小说《方向》为我们指引的"方向"。

家族叙事的新方向

——从王昕朋的小说《方向》说起

秦烨　曾攀

　　《百年孤独》的结尾，整个马孔多小镇在飓风中化作瓦砾尘埃时，布恩迪亚家族也随之消隐，从文本世界的记忆中抹除。这个以家族为中心的长篇小说采取的是宏大叙事的方式，所使用的西方文学的经典结构，颇类似于《圣经》中从逃避预言到最终预言灵验的过程。魔幻现实主义大师笔下的马孔多无疑象征着远古至今的人类文明，马尔克斯在现代资本与技术理性的大背景下，书写了它的毁灭。而同样讲家族的荣盛与衰落的故事，在中国也有很深的渊源，远的不说，有清以来的鸿著《红楼梦》就演绎了贾、王、史、薛四大家族的兴衰升沉；而在20世纪前后中国在现代化之路上踉跄前行的过程中，巴金颇负盛名的小说《家》就讲述了高老太爷以及高觉新、高觉民等人物所组成的传统中国家族的分崩离析；到了当代，从红色经典中《红旗谱》的朱、严两个家庭在社会主义意识形态下的彷徨与重建，到八九十年代莫言的"红高粱家族"的地缘书写与辈分互较，可以说，中国文学周旋于纪实与虚构之间，演绎出了与不同时代相映衬的家族谱系。而在新经济与后现代社会状况中，中国血缘延续与亲情维系将走向何方，中国的家族/家庭叙事又将通过什么样的方式得以延续，并参与到文学历史的审视性书写中，必将成为当代中国文学写作不得不思考的方向，从这方面而言，王昕朋的小说《方向》可以说是一个很好的尝试。

小说《方向》围绕着老三孙得财和老二孙爱彩到底谁应当坐上财政局副局长的位子这一线索展开。从开头全家人聚在一起吃饭的那刻起，作者就开始了对孙家各色人等的聚焦，在这个过程中，先是以俯瞰和总览的视角，通过一系列的细节描写，全面而又细腻地点出了一家人剑拔弩张的关系。接着，作者采取了散点透视的叙述方式，让孙家心怀鬼胎的意图与阴谋逐一登场，揭示出家中的每个人都在欲望的驱使下，默默盘算着自己的利益得失，如何让老爷子最后拍板的决定有利于自己，并通过掌控家中微妙缠结的关系来保全自己并进行牟利。可以说，孙家的四个子女代表了四种不同的人物典型，老大孙敬财是银行行长，老四孙宏财是当地首富，他们俩演绎着官商勾结的戏码。老三孙得财与老二孙爱彩之间的隐性争斗以及围绕在他们身边的种种社会怪现象，代表着当下家族——一种同样以利益为主导的小社会形态，与大的社会状况与历史背景之间的勾连与缠绕。而作为边缘人出现的二女婿何文学，则是以一个羸弱的文人的形象出现，他在孙家乃至整个社会关系中，完全处于绝对弱势的地位，个性有余却尊严不足。

孙老爷子一开始就强调"方向问题那是比天大的事"，他一直认为，整个孙家能够在水山县呼风唤雨，全凭老宅子的方向好。因此一开始坚决不允许老三孙得财改他的规矩，这可以说是孙老爷子对家庭权威的固守，然而，他越是费尽心力地坚守挣扎，就越能体现出以他为代表的家族威权的失落与衰微。可以说，孙老爷子所关心的"方向"问题，关乎这样一个宗亲观念意味浓重的中国家族的前途命运乃至世代家业，然而，在小说出人意表的结局中，一直坚信祖上老宅地基是朝南的孙老爷子，由于老三的催逼与现实的紧促，却在老宅拆毁之后陷入了深重的困惑，一直到最后连栖身之所都丧失殆尽。诚然，对祖宅的朝向——其中也包括对传统家族利益保全的"方向"把握，代表着孙老爷子以及整个孙家的认同根基，在对祖宅朝向的"误认"中，小说通过孙老爷子和孙得财两人的双重误认，完成了一个戏剧化的转折，也正是如此这般的以闹剧收场的戏剧化转圜，彰显出了表面似乎坚不可摧的中国家族，在新的时代条件转换过程中的摇摇欲坠直至轰然崩塌，此中也体现出了作者所传达的迫切警示与深重忧虑。

小说在叙事模式上沿袭了中国家族式书写的审视性模式，在一家之长孙老爷子以及具有叛逆和破坏作用的老三孙得财身上留足了笔墨，也以此延伸出形形色色的人物谱系、纷繁复杂的历史源流，提出了以血缘维系为基础的传统中国家族等级与家庭亲情，在当代社会金钱与权力的作用下，应当如何应对外界搅扰与内部倾覆的双重困惑的深切命题。尤其是对当下作为利益集团的家庭与亲族理应走向何方，进行了一次深刻的理性拷问。象征着家族传统的孙老爷子，一直坚守着家族的方向，其自以为牢不可破的根基最终却被无情摧毁。而祖上老宅的轰然倒下，标志着孙家的树倒猢狲散，也揭示出了现代商品经济狂潮冲击下的人性的崩塌，就如同有着祖上魂灵气息的孙家老宅，再也没有重建，变成了一个大水塘，"白天映着太阳，晚上映着星星月亮"。值得注意的是，这所奠定孙家之根基与方向的宅子之所以被拆毁，很大程度是由于孙家自己的子孙——原本作为血缘与亲情的共同体——由于利益关系与人情淡漠而四分五裂所致，这就形成了一种相互映照的同构效应。如此源于内部的分崩离析，颇印证了《红楼梦》中探春的话："可知这样的大族人家，若从外头杀来，一时是杀不死的，这是古人曾说的'百足之虫，死而不僵'，必须先从家里自杀自灭起来，才能一败涂地！"

与此相联系的，是文本世界中比比皆是的血缘、道德与人性的纠葛，按理说，由于中国家庭是以血缘与亲情相维系的，当中自然生成的隐忍、尊敬与深情，往往能够使人性之善掩盖和抹灭人性的恶，从而在共同体中结成最紧密的纽带。然而，在小说中，无论是孙得财与孙爱彩的汲汲进取与欲擒故纵，还是孙爱彩与何文学的貌合神离，又或者是孙老爷子与孙得财的纠缠与碰撞，甚至是孙敬财与白雪之间的放弃与背叛等，透露出来的无不是诈伪、矫饰与猜忌。在这种状况下，家族/家庭内部人与人之间原本最为坚实的信任与依赖已然迷失了方向，这不仅是如孙家的困惑，同时也是围绕着孙家并与之发生联系的诸如老韩、老赵、白雪等人的困境所在。不仅如此，从小说所展现的文本世界中还可以见出，人与人之间的朴素真诚的情感确乎是消隐了，而小说却没有对其间林林总总的情感与关系做出简单的批判与排斥，因为中国自古以来就有"清官难断家务事"的论断，尽管这只是一句通俗的民间说辞，但是对其中所透露出的家族／家庭关系的立体丰富与错综驳杂，可以说作出了很好的概括。在小说《方向》中我们发现，孙家的所有人都有自己的秘密，彼此的背后都存在着一系列的利益牵扯与秘密玄机，只是这些隐藏在人与人的关系罅隙中的尘埃与污垢，通常不会被有意识地戳破，但如果用逻辑线把这些秘密和诡计串起来，进而把因和果的关系推演成一个个"结"，恐怕本事再大也万难解开。作者在这里为我们展现了中国家庭／家族内部"关系"的复杂纠葛与痛苦挣扎，这是人性的困惑，也是时代的表征。

　　随着故事的推进，在清晰自然的文本肌理中，小说的句子干净利落，有层次感，与孙家之兴衰、人物命运之沉浮乃至时代历史的幻动相暗合，若隐若现地渗透出作者苦心孤诣的隐忧——农村的城市化进程走向何方？以孙家为中心的种种闹剧，所彰显出来的是城市化、商品化与经济化过程中的权力泛滥与人性乱象。在制度缺憾和价值虚空的作用下，没有经历充分的夯实与固化的主体，往往因"缺钙"而很容易被扭曲得面目全非并最终面临异化的危机。就像马尔库塞在《单向度的人》中所提到的，"社会的罪恶、人为人造成的地狱由此便变成不可征服的宇宙力量"，而这样摧枯拉朽的强力，毫不留情地将腐坏败朽的大族孙家夷为平地，也就不足为奇了。而最令人惋惜的是，缺乏基本道德与健康人性维系的传统中国家庭，在不断膨胀的欲望驱使下，连最值得珍重的血缘亲情也被无情地异化了，这一中国乡村城市化与现代化进程中产生的巨大困境，无论如何是不应轻轻放过的。所以，在以"关系"为主导、以血缘亲情相维系的家庭／家族的当代转化中，如何立足"契约型"的现代社会制度，找准"方向"实现自身转型，也就变得尤为重要，这与其说是小说《方向》所传达出来的新的困惑，不如将其视为中国当代文学的家族书写中不得不思考的迫切命题与崭新方向。

携带着民族的记忆

——《风水宝地》读后

李昌鹏

读完《风水宝地》，我马上想到贾平凹获得人民文学奖的作品《一块土地》。

《一块土地》的获奖理由是："在一个农民家族的命运变迁中，个体与历史、现实之间的精神纠葛得到了满怀敬意的表现。"《一块土地》中有这样的句子："社会的每一次变化就是土地的每一次改革。"该作写一块土地上的几代人，他们面对几次土地改革，从土地私有到土改分田地，然后到合作社，再搞联产承包责任制，直至现在土地政策放开，可以流转。作品通过土地改革与人物的相遇，表现农民对土地的深厚情感。

王昕朋《风水宝地》和贾平凹《一块土地》的底蕴，有着异曲同工之妙。《风水宝地》也是写人物和土地改革的相遇，也是写了几代人和土地的关系，从而传达人物对土地的情感。评论家申霞艳曾在文章中说："泥土里头不仅有我们祖先的血汗，也有整个民族的记忆。"传统中国是一个农业国，土地是最重要的生产资料，中国人对于土地的特殊情感，源远流长，由此形成的传统，浸润人心，不可谓不深。农村城市化才起步，中国人骨血里头延绵几千年的土地记忆，不会在短期内消隐。尤其老农，对土地的情感更深。这两篇作品都因携带着民族的记忆而令我称道，他们所写的是中华民族的记忆，是中国经验和中国情感的表达。

哈贝马斯认为，封建社会人的特征是依附性，财产上的依附关系首当其冲。《风水宝地》写两个家族对一块土地的争夺，内核是建立在封建性上，张家和韩家这两个家族，他们的经济支撑是土地，作为家族的财产，延绵几代人的兴衰和纠葛由土地而生。在现代化进程中，传统中国的基因依旧存在，两个家族间舛误式的土地之争可以视为现代与传统之战。这场"战争"的矛盾是人物都携带着传统的——人对土地的依附。而现代化向前推进从来没有停止，于是小说的外在冲突表现为两个家族几代人的矛盾，更深沉的底蕴则是人物在现代进程中如何摆脱传统对自身观念的影响。《风水宝地》是这样，《一块土地》也是这样，这两篇作品都通过具体的人，来呈现传统与现代同在时，我们心理的潜在焦虑和困惑。

在更早的 2009 年 2 月《北京文学》发表王梓夫中篇小说《向土地下跪》，7 月薛舒在《人民文学》发表中篇小说《唐装》，这两部关于土地的小说也都曾引起广泛关注。学者肖涛说："《唐装》看似寻找死去爷爷的墓地，其实也是一次灵魂的还乡。还乡扫墓之举，却陷入了困境，因为土地的变迁，让死人都不可安宁。一所地下亡魂的处所，从此沦为了乌有之乡。原因何在？只能来自这块土地围绕着'城/乡'改造而来的'现代性'规划之近景与远景经济巨手的共同操作，并裹挟着田野与死魂、人与村庄，彻底消亡迷踪于钢筋水泥的丛林中。"2009 年的《唐装》《向土地下跪》、2010 年的《一块土地》、2011 年的《风水宝地》，作品中均寄托了乡土中国之土地情感，以不同方式表现传统与现代之角力。土地问题，近年一度因"土地财政"成为社会热门话题，这只是这类题材受关注的外部因素，内在原因是优秀的作家总能通过土地这种携带民族记忆的载体，拨动我们心的琴弦。

所谓能引起"共鸣"，是说发声器件的频率与外来声音的频率相同，共振而发声。借他人之酒，浇心中块垒，时常是读一部好作品时的感受。对民族共同记忆的书写，找到可公认性强的事件并不难，难在开掘个体人物特殊情感中深层的普遍情怀。《风水宝地》所写的社会变革我们不难从历史书籍中获知，但张、韩二族中的众多人物，所代表的整体与个体、传统与现代、个性与共性，对立统一于一处。从不同人物身上各个层面，我们不经意间，或多或少能看见自己的观念或情感，这是《风水宝地》之所以成功的原因。

历史的隐喻

——读王昕朋的中篇小说《风水宝地》

古耜

　　王昕朋的中篇小说《风水宝地》(《特区文学》2011 年第 2 期)，将艺术瞳孔再一次聚焦到作家所熟悉的中原大地和黄河故道——在那个叫河湾的地方，两个家族，几代血亲乃至一方人众，伴随着近一个世纪动荡、多变而又复杂、曲折的社会进程，爆发出一场场正中有邪、善恶俱存的矛盾冲突，上演了一幕幕庄中有谐、悲喜交织的人生活剧。所有这些，交织成一个民族艰难跋涉的奇异象征，同时，也幻化为一段历史消长沉浮的生动隐喻，它留给读者的是强烈的震撼和绵长的沉思。

　　翻开《风水宝地》，特定的时代风云和生活画卷，裹挟着张、韩两家的境遇转换与命运兴衰迎面而来：张守业的祖爷爷凭借"军垦"发家，土地无数，牛马成群，是河湾乃至整个故黄河滩上数一数二的大户；韩金富的爷爷推着一辆独轮车，逃难来到河湾，吃斋念佛的张家祖奶奶出于怜悯收留了他，让他给张家做工，算得上是一贫如洗的穷光蛋。因为家境富裕，张守业的爷爷赌博、嫖娼、娶小妾、抽大烟，最终将家产挥霍一空，到了张守业这里，已是生活全无着落，反过来被韩金富的父亲所收留，成了韩家看青的；靠着勤劳和仁义，韩金富的爷爷和父亲不断改善着家境，不仅财富增长，而且人丁兴旺，结果是李代桃僵，上升为河湾的首富。穷下来的张守业阴差阳错地参加了抗日游击队，进而很自然地成为解放军中的一员，负伤转业回到家乡后，便长期担任党的基层干部，是革命的中坚力量；富起来的韩金富家却鬼使神差地走上了歧途或交上了厄运，先是长辈在抗战中背上了汉奸的名声，后是本人遇土改时被划为地主，从此充当革命的对象，屡遭压制和打击。解放后，张守业虽然在升迁和待遇上没有大的起色，但凭着根红苗壮和经历光荣，却一向呼风唤雨，扬眉吐气，这种精神优越久而久之便导致了他的思想僵化，观念陈旧，不思变革；地主身份的韩金富自然动辄得咎，生存艰难，只是这种逆势处境却又偏偏磨炼了意志，积累了经验，使他在改革年代率先富了起来，然而，富裕起来的韩家后人却又险些落入为富不仁的境地……这样一番境遇和命运的峰回路转，更替变迁，乍一看来，仿佛充满了戏剧性和偶然性，甚至多少有些宿命的意味；但是细加揣摩和分析，即可发现，它终究包含了多重的社会规律和人性密码，或者说它很容易启发读者从形象出发，展开自主性和发散性的思索，其中至少有两点既耐人寻味，又发人深省：

第一，在一个不断发生着战乱和动荡的历史环境里，劳动者任何的苦心经营和艰辛劳作，都几乎无法实现财富的积累与扩张，这不仅因为战乱和动荡足以直接破坏劳动致富和经济发展；同时还有一点，这就是，不安定的历史环境最容易催生骄奢淫逸的社会毒瘤与醉生梦死的人性病象，它同样是人类走向富裕安康的死敌。显然，韩家的富而复穷是由于前者，而张家的由富而穷则是因为后者。

第二，对于人类生存和人性发展而言，金钱和财富是必要的物质基础和保障条件，没有这种基础和条件，人类生存会失去起码的尊严，人性发展更是一句空话，韩百山的母亲死后无处葬身、张守业因为贫穷娶不上媳妇、小朵不惜用女性的身体去换红芋等，均可作如是观。正因为如此，韩家几代人身上所具有的那种含辛茹苦、不屈不挠的创造财富和寻求发展的精神，无疑是一个民族所应当珍惜和发扬的。但是，这种创造与寻求又必须遵循公平正义的原则，必须坚守科学节制的理念，必须经得起道德的监督和良知的拷问，否则，事物只能向相反的方向转化。在这方面，聪明能干且躬逢盛世的韩反修，却不幸扮演了一个反面的典型，其富起来之后的作为令人叹息，也让人扼腕。

一部《风水宝地》，承载了纷繁的历史场景和丰赡的思想内涵，而支撑起且激活了这一切的，则是若干位堪称独特、鲜活和丰满的人物形象。张守业作为"职业革命者"，其观念意识未免混沌和僵硬，行为举止也有几分粗俗和诡异；但是作为一个农民，他的人性世界却始终是愚昧里有狡黠，冷酷中有善良，躁动中有持守，这使得他最终成为历史旋流中活生生的艺术镜像，映现出一个人和一个时代的特殊性与复杂性。如果说在人物性格的把握和塑造上，张守业是以立体多面见长，那么，韩金富则是以发展变化取胜。这位更多寄寓了作家肯定性评价的人物，原本敢做敢当，颇有血性，是变幻莫测的时代氛围和现实命运，逐渐改变了他的头脑和行动，使他变得富有经验也富有心计。而这种经验和心计又在改革开放的大潮中，实现了向人生大智慧和大境界的飞跃与升华，于是，我们看到了一个能够与历史同行的探索者和实干家。值得特别一提的是，作品中还有几位过场人物，如张陈氏、韩百山、孙秃子、小朵、张四清等，虽然作家着墨不多，但在他们各自有限的表现空间里，却都称得上是有灵性、有神采、有意义，是难以遮蔽也不可取代的"这一个"。应当看到，如此这般的人物系列，不仅有效地强化了作品的文学质地和认识价值，而且充分显示了作家的艺术成熟和审美自觉，因此，很值得我们认真对待，潜心一品。

解读《风水宝地》

马振宏

　　王昕朋的中篇小说《风水宝地》是一部情节较复杂、信息量较大的作品，它叙述了两个家庭的几代人之间的恩恩怨怨，给读者提供了自上世纪初至目前中国社会发生的许多大事、新事，尤其是通过两个家庭体现出了这些大事、新事在普通人身上发生时的细枝末节，使我们在艺术享受中了解了一百多年来中国历史的变化情况。

　　从总体上看，《风水宝地》前半部分（第一节至第三节）所讲述的故事较为老套，基本上没有超出讲述这类故事的惯常模式：20世纪初，主人公张守业的祖爷爷（第一代）以一名军团长的身份率领士兵开创了可观的家业，开垦出了数百亩军地，豢养了成群的牛羊，成为河湾乃至整个故黄河滩上数一数二的大户；后来，张守业的爷爷（第二代）却沉迷于赌博、嫖娼、娶小妾、抽大烟等诸事之中，使家产被挥霍一空；到了张守业（第四代）时，他的日常生活都无着落，于是靠给韩百山看青过日子。韩百山是一个推着独轮车来河湾逃难的穷人，他来到河湾之后，张守业的祖奶奶拱手将一片荒芜之地让给了韩百山，让他埋葬死在逃难路上的母亲。韩百山在这片荒地上埋葬了母亲之后，向张家提出守孝三年的要求，张家同意了。三年之后，韩百山却不愿意离开了，他把荒地开垦成良田，取名为三棵树。后来，他在三棵树盖了房、娶了妻、生了子，成了一个固定住户。韩百山立足稳定之后，他依靠自己的勤劳不断地改善着家境，不但财富不断增长，而且人丁日益兴旺，最终取代张家成为河湾的首富。韩家的这种变化，使张守业的心里早早埋下了酸涩的种子，他暗暗决定一定要把本属于自家的三棵树从韩家人手里要回来。后来，张守业参加了抗日游击队，成为一名游击队员，抗战结束后，自然成为一名解放军战士，在淮海战役中，张守业负伤了，当组织征求他是愿意当干部还是愿意回家务农的意见时，他表示愿意回家务农。张守业回家后，担任起了河湾的党的基层干部。张守业想从韩家人手里要回三棵树的时间终于姗姗来到了。土改开始后，张守业以乡土改工作队队长的身份给韩家的第三代传人韩金富划定了地主成分，此后，张守业的主要敌人就是韩金富。在阶级斗争仍然如火如荼地进行着的解放初期，张守业以自己为复转军人和土改工作队队长的身份阻止了韩金富在三棵树为自己的先祖大修墓园的事，并亲自参加了拆除墓园的事。后来，三棵树划给韩金富家作为自留地使用。在合作化运动时期，张守业终于以贫协主席的身份使三棵树不再成为韩金富家的自留地，三棵树入了社。

但这部小说也有很大的看点，这集中体现在后半部分（第四节至第八节），具体就是写农村目前发生的土地流转这件大事、新事上。之所以说这部分有很大看点，是因为它真实地反映了当前农村土地流转过程中许多人都会遇到的新问题：土地流转中的一些观念转变的问题，土地流转的程序问题。小说后半部分就是围绕这两个问题来行文叙事的，所以具有鲜明的现实意义。

土地流转是近年来人们热议的话题，从实质上看它是要解决我国农村土地的耕作方式问题。为什么要对农民耕种了三十多年的土地实行流转？这是因为三十年前实行的家庭土地承包责任制在当下形势中显示出了越来越多的弊端：条块分割而不利耕作；各自为政而使同一片土地上的种植五花八门，形成不了规模；尤其严重而急迫的问题是，土地浪费、闲置现象惊人，造成这种情况的原因是农村劳动力因日益进城从事第二、第三产业而大量减少，还有就是许多农民因缺乏掌握现代农业技术而使农业生产收效甚微，常常是高投入却低产出。在这种情况下，加快土地的合法化流转已经成为必然，任何无能力、无劳力耕种土地的人要阻止土地流转都不符合时代的要求。对土地流转，从中央到地方都很关注。中央的政策很明确，土地流转中，除了不准把农村集体土地用来搞房地产开发、搞高尔夫球场建设、搞不符合土地供应政策和产业的"三不准"之外，中央是积极支持土地流转的。各地基本都围绕中央的指示精神加快土地的流转进程，也就是使农户的耕地逐步向有能力、有实力的个人或企业流转，使他们实行连片耕作、科学种养、科学管理，最终使原来分散耕作的农民成为身份多元的产业农民，以多渠道地增加自己的收入。但中央也提出了土地流转的一个基本原则，经营权归受让方，承包权归承包农户，所有权还是属于集体。也就是说农户在土地流转过程中的作用非常巨大，他们决定着土地能否顺利流转。

土地流转表面上是土地耕作主体从农户变化为农业企业，其实却是农户观念的一次流变、流转。农户的观念适应现实，土地流转便顺利，否则坎坎坷坷。目前，土地流转从总体上看还没有形成全国性的、大范围之内的局面。这种情况自有许多主客观原因：也许是农户的劳力充足，能完成耕种收割；也许是一些政府部门还没有充分认识到土地闲置、条块分割、碎片遍布的弊端；也许是农户的一些观念被固守的问题。从已经流转的地方看，确实取得了良好的社会效益和经济效益：大批农民从土地上被解放出来，可以以多重身份去创收——或者给农业企业打工挣工资、挣口粮，或者进城从事城市建设。身份的多元化必定会使农民的经济收入来源多元化。然而，目前农村确实仍然存在着固守一些既定观念的人，他们不愿意把耕种多年的土地转租给大种植户，使他们连片耕作或者开办对农产品进行深加工的工厂。这种人在文学作品中也不时地出现，是目前文学创作中的一个新题材、新人物。

应该说《风水宝地》是写这个题材的作品中写得较为优秀的一部作品。它的中心问题如上文所说就是反映农民在新形势下对土地的耕种权是否愿意发生变更的问题以及变更的程序问题。作家塑造张守业这个人物反映了土地流转的现实困难。

张守业这个名字是一个包含着象征意义的名字，具体就是他要对祖业竭尽全力地去进行固守。但这样说张守业似乎又不符合他一贯的所作所为。从整部作品的思路情况看，张守业只是对祖奶奶拱手相让出一片荒芜之地给后来成为大地主的韩百山及他的子孙们耿耿于怀了一辈子，这给张守业的心里植入了一个难以解开的死结，他觉得韩家拥有那块土地之后把他们张家的风水占尽了，韩家不仅土地面积越来越大，财富越来越多，而且人丁兴旺。在这种情况下，张守业很早就下定决心一定要把三棵树那片地从韩家人的手里要回来。正如前文所述，解放后，张守业一直利用着有利的时机实施着从韩家人手里收回三棵树那片地的决定，但最终那片地却成了集体的土地。20世纪 70 年代起，地主韩金富领着孙子韩三树在城里给队里收购麻袋的时候，由于他脑子比较活，善于结交朋友，不但圆满完成为队里收购麻袋的任务，而且为自己日后的发家致富建立了稳定而可靠的人脉、人气。农村实行家庭联产承包责任制之后，人民公社解体，韩金富爷孙两个继续收购麻袋，他们利用之前建立的人际关系很快使自己成了富人，成了河东县十大勤劳致富先进个人之二，受到县委、县政府的隆重表彰。富裕了的、有了显赫社会地位的韩金富于是重新提出承包三棵树那片土地的要求，但张守业予以坚决反对，结果使韩金富的愿望落空。韩金富的孙子韩三树对爷爷说："爷爷你放心，三棵树这块地，早晚还得归咱。"后来，河东县乡乡搞开发区，富人韩三树回乡投资建厂，一口气建了三家工厂，其中的脱水菜厂用的就是三棵树那块地。"张守业一听韩三树在三棵树盖工厂，屁股像被针刺了一下跳起来，不顾张四清（张守业的孙女）的劝阻，爬到家院中的银杏树上"，用从部队上带回来的望远镜看着三棵树那里的施工情况。当张守业看到三棵树那里的建设正处于热火朝天的状态时，"他气得七窍生烟，在树上破口大骂开了，你娘个熊地主羔子，整天寻思着把三棵树那块地从贫下中农手里夺回去，没门！老子不同意！"结果张守业从树上摔了下来，造成左腿骨裂、腰椎受损，住了几个月院。经过这事的折腾及他的儿子、孙女、乡领导村领导的再三劝说，张守业"明白韩家对三棵树只有使用权，而且只能建工厂，所有权还是集体，也就是全体村民，加上村里有几十口子在韩家的脱水菜厂上班领工资，最主要的是这些都符合政策，他也就不再坚持反对了"。后来，韩三树的心思因为不在脱水菜厂上，所以厂子只经营了两年时间就关闭了，但它却把三棵树那里的地闲占了七八年，这使张守业如梦初醒，韩家就是借办厂名义重占了三棵树那块地。再后来，韩三树从外地回来后寻找刻着他爷爷名字的一块碑石，以证明三棵树那块地很早就是他们韩家的，这使张守业又警觉起来，他认为韩三树要变天了，要复辟了。而在这个时候，花钱买来村委会主任的韩金富的小孙子韩反修在平了脱水菜厂后又要建农场了，县电视台为此还特意进行了报道，韩反修给农场取名为韩氏农场。当张守业看了这个报道后，"目光凝固了，神情麻木了。他马上想到韩金富复辟成功了"。于是，张守业去镇上论理，坚持认为这是大地主韩金富复辟了。当镇上的人不理睬他的说法之时，他又给省长写信反映韩金富复辟的情况，但反映信却转到了已是河东县副县长的孙女张四清手里，张四清苦口婆心地给他解说韩家建大型农场是中央政策明确支持的土地流转，它实行的是"三权分离"：韩氏集团只有经营权，承包权还是归承包的农户，所有权仍然是集体的。张四清又给他讲了一大堆土地流转的好处，连片耕作，科学种养，统一品种，统一种植，统一管理，立体养殖，发展观光休闲型农家乐，等等。"张守业对孙女说的大道理也能听明白。但是，他就认一个死理，如果把土地流转给了韩金富家，就是地主复辟。"

　　从上面这些情节看，张守业坚决不同意韩金富家利用三棵树那块地投资办厂的症结就在他的心里一直认为三棵树本来就不是韩家的地，而是张家的地，尤其是他的内心深处一直去除不了韩家的地主成分，他一再认为韩家获得三棵树就是地主复辟。这种观念虽然显得可笑，但对一个从很早时候就知道韩家取得三棵树的地是靠耍赖才获得的张守业来说也似乎合情合理，我们似乎不能说他的观念落后、思想僵化。其实，小说告诉我们，解放以后，张守业一直是一名贯彻执行党的政策的积极分子，"他家老屋的四壁上贴着他历年来得的奖状，政治方面有：土地改革，他冲锋陷阵；整风反右，他站在前列；大跃进，他一马当先；'文革'初期，他也是全乡打头炮的人，只是后来自己也挨了整，才被逼无奈地退出；生产方面有：大炼钢铁、兴修水利、生产自救、植树造林、交公粮卖余粮，甚至于灭鼠的，几乎囊括了解放后各场运动、各个方面"。可见，造成张守业不愿意将土地流转给韩金富家的核心原因还是他内心里根深蒂固的韩家靠要赖才获得三棵树的死结观念及韩家的地主成分。在张守业看来，河湾的土地如果流转给其他什么人去种植，他是百分之百地赞成、同意的，但就是不能流转给韩家，否则就是地主复辟。所以说，张守业的思想观念并非保守，只是他心中的那个死结解不开；他并非像改革开放初期出现的改革文学中的一些人物形象如鲁彦周《彩虹坪》中的大队书记许满福等那样观念落后、保守，时时处处给改革使绊子、设障碍，张守业不是这样的人。在众人做了艰苦的思想工作之后，张守业心中的那个死结终于要解开了，他要跟上土地流转的大趋势了。但就在这个时候，他又发现了韩家获得三棵树的程序并不合法。有一天，张守业来到三棵树那里，当他看到刺眼的"韩氏农庄"四个大字时，他一下子清醒了，韩家获得三棵树的土地并没有经过自己的同意，他想到："不管你用我的地做什么，总得经我点头、按个手印吧？过去的地主和贫农做买卖也得签个什么证呢。"而事实上，韩反修获得三棵树的经营权确实是没有遵守土地流转的一个基本原则，也就是中央反复强调的土地流转政策中的一条基本规定：土地流转要尊重农户的意愿，农户愿意就流转，不愿意就不能强行流转。这个原则虽然给土地流转带来了一些麻烦，比如有些地方出现了一大片土地虽然转包给了大种植户，但中间却出现了"钉子户"的奇观，使租种人不能利用现代化机器连片耕作。但这个规定却有效地抑制了一些经营者随意损害土地的第一承包人农户的合法权益的行为，使农户的利益得到维护。韩反修获得三棵树的土地时没有和河湾村的农户签订合同，而是以韩氏集团名义和村委会签订了合同，他把村民们直接越过去了。张守业明白了韩反修违法获得三棵树耕地的情况后，于是率领着被韩反修蒙骗了的村民去镇政府上访，韩反修赶到后用美言规劝张守业带领众人先回村里，以待私下解决，张守业不知道这是韩反修设的一个计谋，于是同意了，在他率领众人回撤村里的路上却被韩反修指使的一帮带有黑社会性质的人殴打了一顿。韩反修自以为这一招很聪明，结果他是自己搬起石头砸自己的脚，他锒铛入狱了。最后，年事已高的韩金富在得知孙子韩反修入狱的事情后一气之下撒手人寰。张守业一年后重新踏上三棵树的土地，当他看到地里有几辆大型收割机在收割小麦时，脸上露出欣慰的笑容。

张守业反对将耕地转包给韩家虽然不对，但却事出有因，所以情有可原。他的内心深处是坚决拥护、支持土地流转的，只是心中的死结导致了他干出一系列固执之事。故此，我们似乎不能武断地、不加分析地去指责他是一个拖改革后腿的人、是一个思想僵化的人。张守业对土地流转的程序是头脑清醒的，他是河湾村众多农户中知道维护自己合法权益的人，当别人糊里糊涂地被韩反修蒙骗了的时候，他第一个看穿了韩反修的鬼把戏，这的确难能可贵。在当下这个物欲横流、真假难辨、骗人之术层出不穷的时代，像张守业这种固执地对某些事情一味去较真的人或许是我们的生存状态良好化所需要的。只是当这样的人站出来维护公众利益的时候，一些不必要的既定观念却应该去除。

寻路人生

——评王昕朋中篇小说《红宝马》

路程

如今，只要"宝马"二字现身新闻标题，必成关注焦点、众矢之的。这无辜的豪车品牌早已蜕化为一个现代隐喻：权势与财富的媾合。王昕朋的中篇小说《红宝马》不仅围绕"宝马"说事儿，"红"字一出，更添几分香艳之气。

小说主人公孙小良原本是个淳朴的乡镇青年，在朋友马永城的劝说下进京打工，偶遇洗头妹秋秋，为之着迷。老舍的骆驼祥子、司汤达的于连等，都是进城谋生外省青年的典型形象。而我们这个时代的"外省青年"除了外地大学生、白领之外，最大的群体无疑是打工者。他们毫不起眼，像高楼下灰暗的阴影，隐形却不可忽视地存在着。直取现实的《红宝马》就在这片影子中静静地展开叙事。孙小良初进北京，令他惊异的不是都市繁华，而是连县城都不如的破败和极为糟糕的居住环境。小说以他的视角观察北京，细致入微的细节描写，让肮脏、拥挤、触目惊心的"城中村"一点点在异乡人眼中复活。20 世纪 90 年代最早的一批打工者如今已经步入中年，而他们的子女也纷纷踏上社会，孙小良便是这类青年的缩影，他的父母在广州打工，自己已是第二代打工者。父母长期在外务工，生活漂泊不定，没有城市户口，无法接受良好的教育，种种原因造成他们成年之后同样步入了打工者的行列。社会阶层的分化和代际复制成为一个残酷的现实。马永城道出了这群人的无奈："过一天是一天，今日有酒今日醉。"现实容不得多想，当它像"红宝马"的车轮那样滚滚碾来，孙小良根本无力招架。所以，当他为了"红宝马"的三千块钱出卖自己的心上人时，我们感到非常突然，同时又合情合理。或许，小说给人物安排的考验是残酷无情的，但它展现出的现实却是赤裸裸的，想要唤起的怜悯更是悄无声息。这群青年男女在畸形的社会关系中，卑微地维持着最低限度的生存。他们不得不出卖自己的肉体或灵魂，毫无尊严地生活着，甚至连"红宝马"本人也并没有因为财富而走出困境，钱色交易只能给她留下更深的心理伤痕，在迷失的道路上越行越远。

　　然而，在灰色的阴影下，仍有一股温情在默默流淌。孙小良人如其名，小小的良善并未泯灭。当他知道秋秋家人得病时，毫不犹豫地将"红宝马"付的酬金给了她。秋秋是小说中最令人感到温暖又疼惜的人，为了给心爱的北漂大学生治病，她采取了投靠"胖子"的下下策。小说将悬念留到最后揭晓，绝不只为一个欧·亨利式的效果，而是试图让这股温情延续着。直到秋秋上车离开的刹那，所有温情下的隐忍、委屈和酸楚，随泪水奔涌而出。虽然世态炎凉，令人迷失彷徨，但是，小人物之间的互相取暖却不曾中断。遗憾的是，这温暖如同寒风中细小的火苗，随时有熄灭的危险，令人读之怅然。

　　在描摹社会现实、表达时代关切方面，王昕朋的《红宝马》无疑是其小说《红宝石》的姐妹篇。布莱希特在论他的"史诗剧"概念时，曾提出要中断情节，展示戏剧性场面，揭示人物的生存状况。小说中的孙小良擅长人物速写，作者借他的画，不时放缓叙事步伐，像切片一样插入一幅幅人物活动的场景，如秋秋看"红宝马"、车场员工蹲在地上吃饭，等等。小说通过这些横切面展示了都市背景中打工男女的生存状况。

　　可以说，《红宝马》在都市角落中搭建起了一个包罗众生的缩微舞台：青年打工者、本地小老板、"二奶"、北漂大学生……现实社会这辆充满诱惑的"红宝马"载着他们在困境中狼奔豕突、左右迷途、无功而返。丰富的人物取材、错综的关系网络、进退两难的价值选择，让小说充满了现实的力量，也是小说最大的亮点。然而，正如社会学家席美尔所言，现代人生活在一个需求和愿望都受到支配控制的客观世界中。对于大都市中的小人物而言，贫弱的生活让他们更禁不起外在欲求和利益的飓风吹打，只能陷在命运的丛林中不可自拔。孙小良、秋秋、"红宝马"这样的年轻人，是否能够真正走出人生的迷途，是小说留给读者的思考。

作家偏见与文学辨识力

——读王昕朋中篇小说《寸土寸金》

曾攀

毛姆曾说："小说家总是听任自己的偏见。他所选择的题材、所塑造的人物以及对他笔下人物的态度都受自己偏见的影响。无论他写的是什么，都是对自己个性的表达，也是他的内在本能、感觉和经历的集中表现。不管他多努力去保持客观，他仍然是自身癖好的奴隶。不管他多努力想要去保持公正，他或多或少都会偏向某一方立场。"对于文学而言，绝大多数透过书写得以彰显的洞见，都伴随着相对的或隐或显的立场，意味着深刻的有着内在逻辑的"偏见"。而偏见的存在，则左右着写作者的判断力与决断力，在文体题材、形式修辞与叙事语言等层面，抗拒妥协与调和，保持自身的精神强度，树立新异的文本风格，从而形成一定的艺术自觉，最终透射出文学的辨识力。

王昕朋的小说一如既往地保持着他的现实敏锐与写实强度，无论是中短篇小说《红宝石》《北京户口》《并非闹剧》《方向》《金融街郊路》等，还是长篇小说《漂二代》《文工团员》，他始终坚持自身的叙事风格和文学态度，采取一种不避让也不妥协的写实手法，直指时代与现下的痛点，"揭出病苦，以引起疗救的注意"。王昕朋的身上，有一种敏感和敏锐，对中国社会的热点与焦点，不闪躲其间之矛盾，也不回避内在的罪与恶，紧紧抓住国家发展与民众福祉等问题，既有官场商场之上的视角，也不乏内置于底层民间与弱势民众的寻常视点，从而在小说中流露出浓郁的家国情怀，并在叙事中寄寓关切与温度。

中篇小说《寸土寸金》发表于《芙蓉》2018年第6期，小说围绕着北州市大龙湖的历史与现状、保护与开发展开叙事，将众多人物牵扯进大龙湖的旋涡之中，在处理其中的曲折与矛盾时，流露出小说真正的意图。大龙湖从一个历经磨难的小水库，变成全国二线城市的城中湖，从而变得"寸土寸金"，成为各方利益集团觊觎和争夺的所在。而最终如何开发和利用大龙湖，成为了整个小说叙事的中心。

既然是"寸土寸金"，就必定存在着你争我夺，小说中的矛盾双方分为两派，一是大权在握的始而貌合神离终则达成一致的北州市市长张金阳、市委书记李苏，以及拥护大龙湖环境保护的老韩头、平原、丛琳及广大群众；二是周旋于政界商界，意欲图取最大利益的赵常委、孙家祥、马二嫂子等人。其中，张金阳和李苏两人是作者着墨的重点，张金阳"忠诚担当，正直坦荡，不计较个人得失，工作起来敢玩命"，在大龙湖工程中力主引入地产开发；李苏同样以正面形象示人，他从善如流，亲近和呵护群众，尊重民众的意愿和意见。

小说在隐约之间，指出了张金阳和李苏二人的优势与局限，事实上两人一直以来在北州政坛都配合默契，但在面对大龙湖工程时，还是产生了明显的矛盾。张金阳试图上马房地产工程，在大龙湖周边搞大开发，而李苏却秉持"绿水青山就是金山银山"的发展理念，主张沿着大龙湖修建绿地，在湖西建造一个市民公园，造福广大百姓。值得注意的是，两人最终在大龙湖的开发上达成了共识。而促成他们合二为一的场景和情境，是他们一同到群众中去，真正深入群众活动最密集的大龙湖大堤的观景台，特别在民众其乐融融的露天浴场中竞游一场，由此为热火朝天的大众生活所感染，也觉知了大龙湖真正应当如何建设，最终得以知悉人民的意愿和期待，确定大龙湖的发展规划。

小说最后，群体的集体情绪和生活现场，影响和改变了拥有权力的个体，进而转移了权力对大龙湖的错误干预，同时也取得了最终的胜利，即在大龙湖西龙山脚下规划建设文化公园。值得注意的是，小说所展开的人物叙事和构筑的文学图景，应和了习近平总书记在文艺工作座谈会上的讲话所强调的，"要始终把人民的冷暖、人民的幸福放在心中，把人民的喜怒哀乐倾注在自己的笔端，讴歌奋斗人生，刻画最美人物，坚定人们对美好生活的憧憬和信心"。人民的心愿，群众的呼声，通过小说叙事中对"人民"的关注和聚焦而得以体现。不仅如此，在叙事的内核中，湖西五区的老韩头、教师原本，包括《北州日报》记者丛琳等人，都是小说所呈现的代表人物，他们光明磊落，善良正义，心向民众，由于他们的努力和争取，最终使大龙湖得到了民心所向的使用，这样的人物构设和情节设定，恰恰反映了小说的内在伦理和叙事向度。

不仅如此，这个风格独特的中篇，重点围绕大龙湖的命运进行讲述，其中凸显的是民众最关心的绿色环保问题。可以想见，如果大龙湖周边大张旗鼓地开发房地产项目，那么民众的生活和生存空间必将被极大挤压，而且周遭的环境也势必遭受破坏。从小说所展开的叙事意图可以看出，其明显是倾向于绿色环保的民生大计，这在在契合了21世纪以来的中国所提出的"新发展理念"：绿色发展注重的是解决人与自然和谐问题，我国资源约束趋紧、环境污染严重、生态系统退化的问题十分严峻，人民群众对清新空气、干净饮水、安全食品、优美环境的要求越来越强烈。尤其是小说中不止一次出现的"绿水青山就是金山银山"的话语，更是将新的发展理念内置于文本之中，坐实了小说的主旨传达和精神内蕴。

"我国作家艺术家应该成为时代风气的先觉者、先行者、先倡者，通过更多有筋骨、有道德、有温度的文艺作品，书写和记录人民的伟大实践、时代的进步要求，彰显信仰之美、崇高之美，弘扬中国精神、凝聚中国力量，鼓舞全国各族人民朝气蓬勃迈向未来。"王昕朋同样作为新时代社会风气与时代热点的觉知者，在小说中呈现出了独树一帜的历史意识、政治观念与现实判断。

在这里需要指出的是，文艺作品并非简单的传声和反映，其中有着复杂的内部转换和文学处理。在小说《寸土寸金》中，作者的人物构设不存在所谓的泾渭分明的忠与奸、善与恶，而且没有因出现大奸大雄的两极性而趋向脸谱化，人物的心态、心思与心理，都随着局势的变化而有所变动。更值得一提的是，小说中张金阳、李苏这样隐而不彰的暧昧人物，他们在利益与金钱面前，若隐若现地表现出了北州政坛与商界的浑浊不清，因此成为现实的映射和对照。而在这个过程中，作者最终也没有完全点破和揭示，因而大龙湖大快人心的终局与张金阳、李苏等人的忠奸难辨之间的落差，成为了小说最耐人寻味之处。

在小说《寸土寸金》中，很容易辨识出作者的"偏见"与执念，在形似客观的叙述背后，在巧妙编织的结构形态中，浮现着作者的取舍和判断。也因此，在王昕朋的小说中，我们能见出其中的叙事自觉和伦理倾向，这是显示出他的判断力与作品辨识力的依据。尤其是其中的精神自觉和精神强度，对现实世界和当下困境摆开周旋的姿态，采取正面强攻的态势，直面人物主体的内在困境，进而营造出强烈的现实博弈和人心向背。

毋庸置疑，写作能够记录和见证我们的时代，对抗历史的遗忘与沉浮；不仅如此，写作还可以塑造人心的硬度，形构时代的格调。这就是克罗齐强调的我们对历史的当代意识，对时代的参与感。通过写作，还能够生成包括写作者在内的时代个体的主体性，为历史的总体性精神塑形，从而生成抵抗时间消逝的形态与品格。罗兰·巴特提出，"我期待的是一种不会麻痹他者、读者的写作。但那也不会太过于熟悉，不管怎么说。这就是困难之所在：我希望实现某种既不是麻痹性的又不是过分'友好'的写作"。对时代与现实保持一种审慎的态度，坚守写作的"困难"，正视书写的难度，这是写作者的基本操守，同时也是写作者得以不断突破自我的内在动力。而王昕朋在小说创作中，始终保持叙述的偏执和决断，不为外部所麻痹，自始至终秉持清醒和审度的姿态，这样的创作无疑是令人期待与敬佩的。

过尽千帆皆不是

——读王昕朋《村长秘书》

潘德宝

《朔方》2011年第11期上王昕朋的《村长秘书》叙事之工，颇收曲径通幽之妙。小说不以全知视角叙述，没有一开始就和盘托出、直奔主题、切中命意。

小说开头，主人公大学生村官杨东东跟着村民刘小芹入村赴任，而刘小芹却以为是流氓尾随，手持砖头以防万一。青年男女闹了一点小误会，颇有心理张力与喜剧效果。也许有读者会误以为这是乡村爱情小说，因为开头往往就定下了小说的基调，但是这篇小说并非如此，这就有引人入胜之功了。

待大学生村官见了村主任，乌烟瘴气之中，被任命为村主任秘书。这里又是恶狗，又是恶言，可以理解成乡村干部的另类下马威：这是对异乡人进入乡村权力层的警惕。这令大学生村官颇为不满，准备要向上级镇委委员汇报。根据阅读经验，读者也许会误以为小说描写村与镇之间的权力之争，但是小说也非如此，这就颇启人疑窦了。

再等到大学生村官在山花烂漫中见了村支书，颇有一番如沐春风之感。

老支书交代了全村情况以及全村发展的矛盾所在。大学生村官很有一番壮志，似乎想要用自己的学识，让落后的山村脱贫致富。但是，读完小说之后，这种印象也并不全面。

小说故事的高潮，才让读者感觉抓住了主题。民全村村主任要求全部村民种烟叶，因为村民抗命不遵，村主任叔侄二人便叫了推土机来铲平麦苗。这时小说中预埋的伏笔一齐都活了过来。小说开头刘小芹担心自己家里的麦子长腿"跑了"，实在事出有因；村民随身携带一根棍子，原来就是为了提防村主任家的恶狗；而村主任家名其恶狗为"二聋子"——就是刘小芹父亲刘平安的外号，也说明了两派的争斗其来有自。这如同明清小说评点所谓的"草蛇灰线、伏脉千里"，正如清代著名评论家金圣叹所说的那样："骤看之，有如无物，及至细寻，其中便有一条线索，拽之通体皆动。"这种"草蛇灰线"就是上下勾连，让小说形成有机的整体。这种理解应该能探骊得珠了。

而且，村民们为了保卫自己的麦田挺身而出，不惜以肉体阻挡巨大的机器——包括权力机器，暴力冲突暂时平息之后，马上有了余波。因为冲突中村主任一方稍占上风，小说就在余波中寻找平衡，让村主任一方稍稍落后。同时，又将场景换到了村主任家，刘小芹与村主任女儿的对骂，撕打中"刘小芹雪白的乳房和粉红的乳头暴露在众人面前"，这使小说故事更符合农村的特定叙事空间，符合读者对这一题材的心理期待。从叙事学角度看，这也正如金圣叹所说的："獭尾法：谓一段大文字之后，不好寂然便住，更作余波演漾之。"这让整个小说更有了有机特性。村霸与村民之间的矛盾、基层权力的运作、乡村血缘政治模式，无一不是时代的主题，小说柳暗花明，终于定格在这些主题之中了。

但细味之下，似乎感觉作者的用心所在又不仅止于此。真有"过尽千帆皆不是"的叙事乐趣。因为小说解决村民矛盾的方法就在大学生村官杨东东身上，小说中也早有"草蛇灰线"，当村主任问起他的父亲，杨东东简单地交代了其父是个生意人。铲平的麦田如何处理？杨东东建议种上"铁棍山药"，但村民们心存疑虑，最后杨东东搬出大老板的父亲来包销，顺利平息村民的矛盾。

这也许可以看作作者快刀斩乱麻，迅速结束故事，以大团圆结局。但是，这种理解似乎仍是买椟还珠，未得小说真谛。

因为作为个案，也许真有大学生村官的父亲帮助了农民的生产与农产品的销售。但试问所有的大学生村官都有这样的一个父亲吗？我以为，用这个办法来解决民全村的矛盾，其实可以称为曲笔。鲁迅在小说《药》中，为主人公夏瑜的坟上"凭空添了一个花环"，在《明天》里也不叙单四嫂子竟没有做到看见儿子的梦。鲁迅自承这是曲笔：为凄凉的故事，加一个不消极的结尾。王昕朋这篇小说中的这一手法，何尝不可以这么看呢？

因为小说故事结束之后，还有一个长长的尾声。这个尾声，从叙事学角度看，不只是故事层面上的尾声，而且是叙事话语层面上的真正高潮。小说叙事的"过尽千帆皆不是"，至此终于彰显出"斜晖脉脉水悠悠"那般令人一唱三叹的艺术魅力。正是这一有思想力度的尾声，会让读者从阅读的乐趣，深入到严肃的思考。

小说的尾声中，民全村换上了新的村主任刘福——就是小说一开头骑自行车带了杨东东几里地就要收钱的家伙，这也算是"草蛇灰线"——他也同前主任一样，开始偷伐树木，中饱私囊了。大学生村官作为外在机制，作者以曲笔表达了光明的期待；而这个尾声影射出曲笔的意义：农村的自我更新、自我发展之路在何方？作者的隐忧在老支书那里获得舒展：凡做事看老百姓支持不支持……这不正是小说的叙事空间"民全村"（"民全"谐音"民权"）的意义所在吗？

从最低到最高

——评王昕朋的《红夹克》

丁力

名篇大作之中，描写乞丐生活的作品不少。保罗·詹尼斯《仰望》中的乞丐，因为一时"心头最软的神经被触动"，收留了流浪狗，没想到善有善报，小狗给他带来财富，竟使乞丐成为富翁，又因为讨好贵妇，背信弃义，把小狗抛下井底，却最终变得一无所有，回归乞丐；马克·吐温的《乞丐王子》则讲述了两个同年同月同日生且面貌十分相似的男孩，一位是王子，一位是乞丐，一场意外，二人交换了身份，引发一连串啼笑皆非的故事。同样精彩，同样寓意深刻，但终究还是"小说"，戏剧化味道浓烈，斧凿痕迹也很明显，感觉小说中的人和事离我们相当遥远，很难真正打动我们。捧读王昕朋的新作《红夹克》（《北京文学》2012 年第 2 期，《小说选刊》2012 年第 3 期转载），同样将笔触对准了乞丐，因其深入肌理的揣摩，乃至绘声绘色，令读者感到非常真实，仿佛这不是一篇小说，而是一篇纪实或报告文学，小说中的人物和故事离我们如此之近，仿佛就发生在我们身边，甚至，小说中的"二月"就是作者，或者是你、我。

我也经常在红绿灯路口遭遇乞讨。有一次，在怡景花园路口，看到一个高大魁梧相貌堂堂的中年汉子，一脸正气，我当时十分好奇，这么器宇轩昂的汉子，怎么偏偏少了一条腿？怎么沦落到乞讨的地步呢？我猜想他身上一定有故事，甚至想与他接近，比如为他介绍一份力所能及的工作，然后与他好好聊聊，或许可以写一部好小说。可惜，只是一闪念而已，时间长了，也就忘了。直到看了王昕朋的《红夹克》，才陡然记起，再回到怡景路口，哪里还见独腿大汉的踪迹。

当下描写底层生活的作家不少，但如何表现底层却因为作家的思考和审美路径不同，表达各异，高下相悬。王昕朋是深入底层又高于底层。与保罗·詹尼斯的"仰望"不同，他似乎一直"俯视"，无论是近期出版的《漂二代》，还是早些时候完成的《红月亮》《天理难容》，视角始终对着底层，为他们呐喊，为他们伸张，默默承担着一个有良知作家所担负的"灵魂工程师"责任。本篇《红夹克》，更是将"底层写作"推向了极致，写了当下中国社会的最底层——乞丐。一群老弱病残，在农村都没办法生存，来到北京，除了乞讨，别无选择。

十五岁的小马少了一只手，农活肯定是没法干了，给人打工，也没人要断手的，要想活命，只能跟着叔叔"大牙"在北京"混"，叔叔"大牙"是丐帮的"领导"，小马当然只能是个可怜的跟班。

小红说自己十二岁，个子却一米六了，估计往下少说了两岁。登台演出的时候，老师出面帮她借了村支书女儿的红夹克，不小心划了一个口子，赔不起，没脸上学，不得不跑了出来。不到领身份证的年龄，连打工的资格都没有，只好在乞丐群里"混"。因为四肢健全，"大牙"起初并不打算带她，没想到脖子上挂了"为母亲治病休学求助好人"的牌子后，收入可观。

"北京人真好，一看我这牌子，很多人主动开了车窗把钱递给我。"

可"大牙"并不满足，他打算把小红弄残，这样不仅能"彻底制服她，还能进一步调动北京人的同情心，收入更高"。

看到这里，读者的心都提了起来。事实上，"大牙"已经行动。他在"奖励"给小红的矿泉水里做了手脚，要不是小马拦下"二月"的车子将其送往医院，估计在小红不省人事之际，"大牙"就趁机把她弄残了。

小马对小红的关照，除了懵懵懂懂少男少女的情感之外，与他"性本善"有关。这点，从他不惜与小不点打架，坚持把钱包还给"二月"，可见其个性中最柔软的一隅。

如是观之，故事似乎与网络新闻的大量报道如出一辙，其实不然。有个作家说过，小说是在新闻结束的地方开始的。《红夹克》的要义就在于它的人性掘进：两个因为同病相怜并掺杂着懵懵懂懂情愫的90后开始为自己"维权"了。先是要求改善伙食，后提出兑现"奖金"，因为他们的主张得到大家的一致拥护，所以，"大牙"靠武力或以武力相威胁已不奏效，不得不向"大仙"讨教。"大仙"是另一群乞丐的"领导"，与"大牙"的地盘"划江而治"，两位"领导"既钩心斗角，又相互依存。他比"大牙"年长，并且"治理有方"，但此时"大仙"比"大牙"遭遇了更大的麻烦——与他睡觉的老妈子卷走了所有的现金，还留下字条："你做的坏事自己清楚，不杀头也得蹲到死！"面对"大牙"的求助，"大仙"提出干脆两拨人"重组"，然后统一实行"军事化管理"。不仅显示了现代乞丐"与时俱进"，且让原本枯燥的叙事，平添了一抹浓郁的人性色彩。

小说以"奥运会结束的第二年"和"鸟巢附近"，作为小说结束的时间和地点，体现了作者的别具匠心。奥运，作为中国历史上的百年盛事，似乎还没有在更多的小说中得到体现，本篇《红夹克》则多次提到奥运，其目的则更为婉转深入。

"因为要举办2008年北京奥运会加宽了，双向都是四车道。桥下南北方向的辅路也照旧行车。这样，实际上还是个十字路口，而且比起没有桥的十字路口还复杂、拥堵。"

"奥运场馆建设进入了高潮时期，向奥运工地运送物资的车辆多起来，交通经常出现拥堵。那些乞丐也好像信息非常灵通，一下子集结过来好几批。"

"因为奥运主场馆就在北沙滩东边，场馆建设、道路建设就热火朝天地开始了，一些房地产开发商也来这里布局，整个北沙滩地区一片热闹景象。

交警、城管、环保、卫生、街道办事处、社区居委会等部门也加大了治理力度。"

"北京申办奥运会成功后，连小红所在的偏远的山区小学也举办了庆祝活动。……老师灵机一动，从一位穿红夹克的女同学身上扒下红夹克，给她穿上……"

这不禁让我想起了王十月的小说《国家订单》。《国家订单》之所以获得鲁迅文学奖，原因之一是以美国"9·11"为背景，从而与重大历史事件发生了联系。王昕朋的小说《红夹克》是不是也能冲击鲁迅文学奖我不敢说，但以北京奥运会做背景，同样与重大历史事件产生了关联，是《红夹克》的另一个亮点。

从最低（乞丐生活）到最高（奥运盛事），体现了作者视角的深邃与宽广。相对于那些"从文笔到文字"的"小众作家"来说，我更喜欢王昕朋的大视角与大胸怀。作家，不能完全生活在自我划定的"圈子"之中，还应当凭着自己的良知承担人类灵魂工程师的责任。关注民生，关注底层，对现实问题敏锐的洞察力和捕捉力，显示出一个作家应有的道义、良知和社会责任感，显示出文学介入现实、干预现实的勇气和力量。小马和小红都还是孩子，"……虽然我不清楚这些孩子来自何方，但是看到他们一瘸一拐，一蹦一跳，在车流中穿梭，我想起了鲁迅先生当年在文章中的呐喊，救救孩子"。这样的呐喊，让我们看到了作品的思想高度，与小说对最底层的描写，强烈呼应并鲜明对比。

《红夹克》具有鲜明的问题意识和现实感，作者社会责任感和敢于担当的精神给我留下深刻的印象，似乎是一面镜子，照着我，鞭策我从"小我"中走出来，去承担作为一名作家应该担当的社会责任。

小说与群治

曾攀

清季梁启超发表了《论小说与群治之关系》，吁求小说从"细支末流"的文化传统中脱化出来，"欲新一国之民，不可不先新一国之小说。故欲新道德，必新小说；欲新宗教，必新小说；欲新政治，必新小说；欲新风俗，必新小说；欲新学艺，必新小说；乃至欲新人心，欲新人格，必新小说。何以故？小说有不可思议之力支配人道故"。紧贴历史现下，统摄政治生活，观照社会人生，是为小说之勾连群治，以翻新文化传统，重整现代中国。衡南劫火仙在《小说之势力》中指出："欧美之小说，多系公卿硕儒，察天下之大势，洞人类之绩理，潜推往古，豫揣将来，然后抒一己之见，著而为书，用以醒齐民之耳目，励众庶之心志。或对人群之积弊而下砭，或为国家之危险而立鉴，然其立意，则莫不在益国利民，使勃勃欲腾之生气，常涵养于人世间而已。"近现代中国的"群治"，是建立在国族观念基础上的关切社会历史的总体性概念；而经历了启蒙与革命之变奏的 20 世纪，当代中国再谈群治，似乎已是恍然有隔。但相通之处在于，现代中国小说发轫之初即蕴蓄的

"群治"诉求，已成为中国文学"感时忧国"传统中的内在伦理，直至 20 世纪 80 年代而始，文学"向内转"的趋向日隆，但寻根文学、新写实主义、新历史主义、女性主义书写等依旧回应着一个世纪以来的"群治"命题，商业化与大众化在新世纪逐渐影响着小说功能的转变与修辞的衍化，然而小说的社会功能、现实担当、历史使命始终日久弥新。可以说，小说与群治之关系，一直贯穿百年中国现当代文学的发展史，并且与晚近以降的中国文学维持着密切的互动，其影响流泽当下形塑新的文化形象与伦理修辞。

五四前后，群治的概念在启蒙意识统摄下，以民主科学为旨归，国族危机、文化代变以及由此延伸的国民性痛疾等问题，陡然生成宏大的群治观念。胡适在《每周评论》发表《多研究些问题，少谈些"主义"！》，形成"问题与主义"之争，政治的、性别的、阶级的，甚至于宗教信仰、律法伦理等，都被置于一个具体方法与根本解决的框架之中加以讨论，论争双方深入辨析，既代表着文学精神的范畴，也指引了社会群治的方向，代表了一个世纪以来的文化求索。而在 20 世纪二三十年代革命情势与战争背景下，群治的观念走向新的凝聚，毛泽东在 1939 年 12 月 1 日为中共中央写的一个决定《大量吸收知识分子》中指出："对于一切多少有用的比较忠实的知识分子，应该分配适当的工作，应该好好地教育他们，领导他们，在长期斗争中逐渐克服他们的弱点，使他们革命化和群众化，使他们同老党员老干部融洽起来，使他们同工农党员融洽起来。"倡导建立起"新鲜活泼的、为中国老百姓所喜闻乐见的中国作风和中国气派"。直至 40 年代《在延安文艺座谈会上的讲话》，更进一步提出"革命的文艺，应当根据实际生活创造出各种各样的人物来帮助群众推动历史的前进"。可以说，晚近以来倡导"群治"的文化使命及其承担者，在此情势下需要完成"革命化"和"群众化"的身份转变，尊重并塑就自身与工农阶级群体的纽带，形构新的"群治"观。以至到了 50 年代至 70 年代，群治的概念发生了深刻的位移，群"治"为"群"治所更替，小说叙事也从自"我"归化于以"阶级"和"群体"为准绳的新意识形态统帅中。

革命史观中的小说与群治，一直持续至 20 世纪 80 年代前后，汉语叙事文本在精英与大众之间徘徊乃至切换，至于 90 年代，文学与"群治"愈显淡化脱钩之势，小说的历史职责与文化重负悄然卸下，以至于王晓明等学者不得不开启人文精神危机的大讨论，"今天，文学的危机已经非常明显，文学杂志纷纷转向，新作品的质量普遍下降，有鉴赏力的读者日益减少，作家和批评家当中发现自己选错了行当，于是踊跃'下海'的人，倒越来越多"。失去了"轰动效应"的文学，姿态不断下沉，由是带来的小说的"群治"功能逐渐式微。随着新世纪以来革命历史的终结与启蒙意识的衰退，小说的革命历史使命及社会治理功能被一定程度架空，其深度参与并影响政治与文化进程的状态被淡化之后，"群治"对于叙事文本的作用也相应地发生了位移，进而呈现出一种新的转向。

如今，新世纪文学走过了第二十个年头，我对当下的中国文学一直有一个基本的判断，就是其在新的历史情状下，需要实现一种真正意义上的"向外转"。也就是说，文学不应仅仅局限于形式语言的内部，更不应沉落于纷繁复杂的生活现场无法自拔，而是走出狭义的文学概念，走出内敛的与内卷的现象自身，指向无远弗届的人性世界及生命形态，更推及深远广大的社会历史。在这个过程中，"群治"将带来的外在社会政治乃至内在伦理旨归的新导向，尤其是当代中国小说再度直面政治的与时代的命题，重塑文学在晚近以来总体性的历史观念、民主姿态与底层意识等，由是而生发出来的新的"群治"价值及文化承担，已然成为构筑当代中国小说新的功能与价值的重要旨归。

王昕朋的小说一向关注群体的表达，注重群众的关切，具有一种现实性与时代感，其中往往透露出群治与治群相互辩证的深刻的法治及伦理反思。长篇小说《漂二代》叙述的是长期生活在北京的底层小人物的生命轨迹，"北漂二代"的苦乐辛酸，在内外因的驱动下愈演愈烈，小说正是以这样的切口进入当代中国，审视群治之问题与难题。《北京户口》《红宝石》等小说同样聚焦的是底层群体的生存境况，站在平等的角度与当代中国不容忽视的"群"体进行对视，不预设立场，更不施展智识阶层的高高在上，而是与之对话、协商，在"群治"的整体观念中聆听多声部的音响，并将之引入新的社会价值体系之中，对当中的精神进退施以审视和批判。中篇小说《红旗飘飘过大江》与长篇小说《文工团员》充满了对历史的认同与革命的共情，《寸土寸金》通过群众的声音将当代中国的新发展理念特别是对自然的保护加以发抒，《金融街郊路》《第十九层》《北京上午九点钟》等小说则将当代文学中对底层的超保护状态进行一定程度的反拨，以期种下中正理性的"群治"观念，更为系统综合地观测判断当代中国的社会征兆或曰症状，也传达出一种充溢着时代意识的总体性叙事形态。

中篇小说《万户山》（《福建文学》2021 年第 7 期）谈的是当代中国的社区治理问题，其中体现出叙事文本内外层面的群治关切，这就意味着小说需要在一种既具体而微同时又客观宏阔的层面加以考究。在这个过程中，群体身上生成的精神文化情态未必是整饬的，时常表现出碎片化的与反复性的性格，因而需要以一种新的"法"治与"人"治相结合的价值理念，既需要全盘的度衡，又不可失却单一的摸索，其中投射出当代中国小说在面对新的"群治"状况时，所试图进行的整体性与综合性的考量。小说将故事设置在一个拆迁安置性的社区之中，那里有一万零一户人家，故名万户山。里头居民成分复杂，矛盾层出不穷，管理非常困难，此前已换了五任街道办党委书记，是远近驰名的问题社区。主人公范小萍临危受命，走进了万户山担任社区党委书记。这是麻烦的开始。但随着叙述的展开，小说慢慢铺设其对社群的治理理念与行动方针，困境逐渐拆解，在小说中显露出群治的曙光。

范书记进社区第一天，就与"泼妇"刘欢欢起了纠纷，人与人的关系在剑拔弩张中将故事的矛盾迅速推向高潮，个体的内部、个体与个体、个体与群体之间，始终存在难以纾困的死结。值得注意的是，万户山中人在阶层属性上是具有某种同一性的，但人物群像却完全不是以共同体的形式存在，相反，其内部充满了难以调和的矛盾。

一个叫彭城的说话非常尖锐，也非常直率。他说，对付那些刁民不能心慈手软！该出手时就出手。前任的办事处领导走路都怕踩着蚂蚁，无怪干不成事。

范小萍皱了皱眉头，严肃地说，彭城同志，你这个观点不正确。怎么能把群众称为刁民呢？

彭城委屈地辩解道：范书记，您新来乍到，不了解这个社区的情况。有人就是刁民，对他一百个好他不说你好，对他一点不好，他就骂你祖宗八代……

　　毫无疑问的是，在范小萍及其治下的万户山的种种状况而言，从个体到群体的融汇衡量与综合考察，成为最终纾解难题的关键。其中可以见出，"群众"在当代中国已经成为了新的伦理。而面对遍地顽疾的万户山，范小萍最终扭转乾坤的解决方案，仍旧是从"群众"入手，"这些垃圾堆放的时间长了，经过雨水浸泡，风吹日晒蒸发以后严重污染社区空气，对人的身体特别是老人孩子的健康造成直接危害。我前两天请环保部门来做过检测，在全市所有小区中，咱万户山的空气污染指数排在第一位……达跃进在一旁说，再过几年咱社区的孩子考大学、参军体检都会受影响！"新官上任，首先关注的是群众最切身的问题，是他们的生命财产，联欢晚会的方案，事实上都是小说的一种群众路线，动之以情，晓之以理，这里的情与理，便是真正的群众及社群管理的情感结构和理性基础。

　　但值得注意的是，群治是一个系统性的工程，其中不仅充斥着环境问题、伦理困境、人际危机等，而且彼此纠葛缠绕，牵一发而动全身，这是社会肌理与精神岩层的交织，正如小说中的重要症结所在的"广场"，成为了群治的重要场域，那里是藏污纳垢之所在，人们将垃圾物件全部堆积其中，同时又是解决问题的关键结点，解一结则通全局。在万户山，文化广场是群众的汇聚之所，是诸种声音的集散地，那里代表着群众的意愿呼声，也成为了疏通万户山症结的重要通道。"广场上的垃圾清理光了，地面冲刷干净了，没有人号召，也没有人通知，万户山社区的很多居民不约而同地来到广场上庆贺。达跃进一遍遍吆喝着，临时招呼一群老头老太太在广场一隅跳起广场舞，把广场上的气氛一下子掀起了个高潮。双喜和一群小伙伴在另一隅溜冰，引得很多大人孩子围观。杜刚走来走去，学着某个明星朗诵家的声音喊着：回来了，广场回到人民的怀抱！……"范小萍正是以手术刀般精准的治理能力，从广场开启她的宏大计划，最终在情、理、法等多元化"群治"方式中，将顽疾遍地的万户山社区重新规整，扭转局面，赢取人心。

　　"平房变楼房，农民变市民，这并不代表就是'安居'，真正意义上的安，应当是平安、安定，安全。"这样的境况为当代之群治提出了复杂严峻的难题。值得注意的是，在小说中，无论是年轻的博士冯梅子，还是经验老到却牢骚满腹的社区工作者彭城，又或者是一腔热情但对群众和社区工作难以理解又无从下手的杜刚、何莹等人，都存在着各自的偏颇，同时也通过不同的偏见展露出群治的不同面向。在这个过程中，范小萍的存在无疑是特殊的，她的策略、理念和方式，都体现出小说意欲传递的"群治"观念。尤其是当面临万户山的群众问题时，她并没有上升到普遍性的判断，而是始终认为"这是个别现象。再说，为什么要让他感觉到有一点对他不好呢？那么这一点肯定是我们工作中的问题"。这就在一个新的更富创见与包容的层面去面对"群治"，不是搞简单的"一刀切"与全盘化，而是在具体问题具体分析的基础上，形成多元化的与多层次的治理要诀。不仅如此，"范小萍在电话里叮嘱她，做方案时一定不要把刘欢欢、杜刚这样的人落下了，也一定要把达跃进他们写上去。她说，还有那些租房户，也有几千人呢！要让他们也体会到住进万户山，就是到了家"。在当代新的群治理念下，不是传统的为天地立心、为生民立命就能处置的，更非仅仅结合政治经济学完成上层建筑的简单指令，小说所要探讨的，是如何在此基础上，融入正常运转的社群系统中，沟通多重元素与诸种关系，观照人性与人情，贯串自然的与生命的、人性的与人情的关联，以此形成当代中国之"群治"的情感结构、法治观念与发展理念，构筑新的精神文化支点。

不得不说，时至今日，"群治"不仅仅是一种古典理念与晚近观念，这里之所以要重新提拾，固然是因为寻求在历史的渊薮与现实的转向中，形成新的群治理念，重新构筑小说与宏大历史的牵引，实践群体大众以及与总体性的社会系统的关联。这其中代表着百年中国小说中的"群治"理念在当代的显著化变，也是后启蒙时代中国叙事文学的重要革新。值得一提的是，在王昕朋的小说《万户山》中，行政治理、知识分子、基层力量、民间呼声的多重互动，于焉求同存异，包蕴多元观念的融通理解，以此蕴蓄和培育人文精神，形塑新的情理结构及其文化认同，或许这便是当代中国小说在重整"群治"之关系时不可或缺的要义。

三、作家素描

文学与时代

——王昕朋小说论

曾攀

唐代白居易有言，文章合为时而著，这已然成为中国文学千百年来的文化命题与精神旨归。中国文章自古以来，多为入世之作，在这个长时段的历程以及由此生成的传统中，"时代"何以成为文学的血液与经络，又如何转化为文本的结构和话语的修辞？当然，这是一个很大的命题，但是归于文学时，却又如此细微，需要切入文本构造的节点，嵌进修辞的内在肌理，也即时代性需要借助文学性，才能最终使各自的形态充分展露出来，否则便会显出两者的偏颇不明。在这个过程中，文学不是单纯地反映和表达时代，更不是简单地传声响应，而是彼此存在着共振的关系，实现深层的勾连牵引。结合当下中国，文学需要回应时代命题，借以锻造自身筋骨，这当然是一个宏大而庞杂的课业，但又时常细分为不同门类与形态的题材表达，因而既需要深刻的洞察与阔大的视野，同时具备见微知著的眼光识见，这对于写作者无疑是巨大的挑战，如不然，则难以秉持与时代并立的态度和精神，文学将脱离历史，变得空洞无物。

雅斯贝斯在《时代的精神状况》中，纵论20世纪上半叶宗教、文化、社会、战争等形态，但落脚点在于其与个体/集体精神之间的关联，值得注意的地方在于，在雅斯贝斯那里，"时代"成为一种总体性的视野和方法，生产并容纳"精神"的激荡。而关于王昕朋的小说，其对"时代"同样始终保持热忱，那是当代中国最鲜活的生命与最复杂的现场，个中人物、故事及其传导出来的伦理旨归，既是对当代中国社会阶层生存状况的阐释，也是对其中之精神的丰盈或匮乏的叙说，甚至，这样的文本，就是时代精神本身。然而，究竟如何与时代建立起必然性的联系，在此一时代中形塑自我的同时，也回应和肩负其中不可回避之命题？

自 20 世纪的七八十年代始，王昕朋开始在《人民日报》《工人日报》等报刊发表作品，在我看来，王昕朋的小说、诗歌、散文等作品，尽管形态多样，但其始终围绕一个大的主线，那就是重新将时代对象化，始终将当代中国的社会现场纳入文学创作的考量之中，并于焉生发思考，抒写感情。王昕朋也是我一直追踪阅读的作者，尤其到了 2018 年，当我读到他的《寸土寸金》时，便产生了一种强烈的感觉，他的小说，"有一种敏感和敏锐，对中国社会的热点与焦点，不闪躲其间之矛盾，也不回避内在的罪与恶，紧紧抓住国家发展与民众福祉等问题，既有官场商场之上的视角，也不乏内置于底层民间与弱势民众的寻常视点，从而在小说中流露出浓郁的家国情怀，并在叙事中寄寓关切与温度"（曾攀：《〈寸土寸金〉：作家偏见与文学辨识力》，《文艺报》2018 年 11 月 26 日）。

20 世纪 90 年代以来，王昕朋的文学创作进入了成熟期，出版了报告文学和纪实文学作品《雄性的太阳》《境界》等，散文集《冰雪之旅》《我们老三届》《金色莱茵》等；而其思想和艺术水准最高的，无疑要数小说的创作，他先后出版《红月亮》《团支部书记》《漂二代》等七部长篇小说，也有中短篇小说集《姑娘那年十八岁》《北京户口》《红夹克》《是非人生》等问世。尤其进入新世纪，王昕朋的小说的倾向性更为明显，诚可谓是社会问题小说的新探索。小说《北京户口》（《星火》2010 年第 6 期）以刘文革、大胖和女儿刘京生一家为中心，为了一个北京户口无计可施、焦头烂额，万般无奈之际，却遭遇了刘处长诈骗开出的假户口，最后不得不割离北京，远赴他乡。这是王昕朋小说底层叙事中的佳作，人物的生存处境直接影响了他们的处事方式，甚至不惜铤而走险，而其中精神的与文化的力量是缺失的。当然，物质是基础，但也要看到，物质不是唯一，更不是标准。写作者于娲提出了当代中国高速发展中不得不触碰的问题，特别是其中曲折幽微的人性抒写，是小说善于且需要去处置的，这代表着文学深入时代褶皱的叙事尝试，同时也是表述当代中国的总体性征状时，实践一种不可或缺的完整性叙述的必要结点。

　　长篇小说《漂二代》的写作，意味着王昕朋进入了一个更切近时代之思的写作阶段，小说集中书写北五环外的十八里香的外来务工人员，表述了他们对于城市的困难处境和复杂心态。当然，小说的重点仍是对于北京户口以及由此牵引的归属感、安全感和幸福感的探讨。当然更重要的，在于文本内在对于底层人的关切，尤其对小人物生存状况与生活方式的注视，但在这个过程中，王昕朋并不是毫无判断地站在底层一方，而是以立体多元的价值判断，倾注于底层人和小人物的言行心理，从他们的悲喜剧中思考时代的精神风向。从这个意义而言，小说的内在伦理是中立的抑或偏向于知识分子理性的，而且将精神的审视引向繁复与深入。昆德拉在《小说的艺术》中提到，"每部小说都在告诉读者：'事情要比你想象的复杂。'这是小说永恒的真理，但在那些先于问题并派出问题的简单而快捷的回答的喧闹中，这一真理越来越让人无法听到。对我们的时代精神来说，或者安娜是对的，或者卡列宁是对的，而塞万提斯告诉我们的有关认知的困难性以及真理的不可把握性的古老智慧，在时代精神看来，是多余的，无用的"。似乎确是如此，小说的写作宁可将问题考虑得复杂些，也不要对之进行简单化的处理，唯其如是，才能脱离对当代中国社会的浅表认知，真正进入时代发展的内在脉络之中。

　　王昕朋的另一部颇有意味的长篇小说《文工团员》（载《中国作家》2015 年上半年增刊）选择了以纵向的方式，直面特定时代及延伸至当下生活现场而透露出来的精神图谱。小说讲述了何花、苏波、童灵、马东东、金玲、陈丽丽等文工团员的生活状态与生命轨迹，这个群体包蕴着政治与艺术的双重属性，成为了文艺的共同体，同时也意味着一种时代的产物，在当代中国面临着新的命运。小说中，军人马副司令、知识分子金浪与底层人物胖嫂，将"她们"带进了婚姻、家庭与生活的深处。事实上，王昕朋很少触及这样的具有纵向的历史性的题材，但《文工团员》的存在也成为了作者聚焦革命历史叙事的重要篇什，在波澜壮阔的时代巨变中，持重而灵动的生命，始终熠熠生辉。对于王昕朋而言，现实层面的书写形成了纵横的互动，而在两者的交汇点中，可以看到他所触及的时代的精神纽结。

不仅如此，在随后的几部中短篇小说《金融街郊路》《第十九层》《北京上午九点钟》之中，王昕朋写作的时代性依旧明显，然而笔触却愈加沉郁，沉潜着深刻的审视观念和反思意识。小说所传递的，是世俗社会中的人性，中国人的世俗，是世俗到了骨子里的。说世俗，并不带感情色彩，没有什么先在的褒贬之辨，甚至说世俗到骨子，亦不指向偏颇和极端，因为这里所要探讨的世俗，更多地代表着个体内在的理念、态度和价值。大桂和小桂是同父异母的姐妹，出身寒门，从乡下进城，来到北京，在都市中摸爬滚打，初步形成了自己的"格局"——事实上也只是寻得一处谋生之所，在停车场当收费员。然而，"有文化、有头脑"的小桂，在贫乏无奇的停车场岁月中，开始变得不安分起来，她与同在金融街郊路看车的老伍合谋，最终挤走了大桂，成全了自己。小说最后，"小桂在孩子满百天后就回到了北京。她不是在停车场看车收费，而是在大桂曾看见她和老伍吃饭的羊杂汤馆当了店面经理。一个月后，小桂开上了一辆价值七八万的小轿车。每天把车停在老伍那边。老伍每天都给她留着位子，对别的司机说，这位子是人家包年的"。而姊妹大桂却出乎意料地被老板辞掉了，后幸得胖姐帮助，在大楼的十九层做保洁工作。"大桂开始想得头都疼了，怎么也想不明白。后来，她就索性不想了。"百思不得其解的大桂，看到自己原来的位置被老伍挤占，而小桂则一跃成为餐馆经理，并且过上了比以前更加丰裕富足的生活，仿佛意识到了什么，但却欲言又止，有苦难诉。这也是整个小说最富戏剧性的地方，正当大桂为小桂会不会误入歧途而忧心忡忡之际，叙事者笔锋一转，用极短的篇幅，以迅雷不及掩耳之势，写出了一直对小桂关爱有加的大桂，却遭受到了来自于原本亲如姐妹的小桂所暗施的不善与不义。值得注意的是，王昕朋的这部中篇小说《金融街郊路》，写的是底层小人物及其世俗生活，虽小有波浪，但总体偏向寻常和平淡，这暗合了人物的生活状态，到了最后，峰回路转，才让人心里突然咯噔一下，体验到世俗的冷酷。

小说最耐人寻味的，是在针对小桂这个人物进行书写时，叙事者所显示出来的极为克制的心态和笔调。尽管叙述中也曾提及小桂的精明与世故，但叙事收尾之际，才将她的阴谋和诡计托出，而且无论是对于受害者大桂、旁观者胖姐、合谋者老伍，还是小说本身的叙述，都无意形成控诉和批判。这一方面印证了小说对焦人物的世俗生活和平常工作时一以贯之的平静基调，另一方面则试图避免出现血泪交加的人性揭露和道德层面的诸般指责。但是小说冷静的叙述，似乎在提示着一点，那就是在世俗状态下，人之为己，是何其的天经地义。因而，在小说波澜不惊的叙事中，透露出来的，是无处不在却又隐而不彰的人性的卑微。更值得深思的是，当文本面对卑下的人物情态时，所采取的不置可否的甚至是无可奈何的叙事态度，一旦逾离虚构的世界，进入实在的世俗生活时，如小桂和老伍这样平静而不动声色的诡黠诈伪，冷漠却理所当然的损人利己，在世俗的滚滚洪流中，往往显得那么司空见惯，在予取予夺中，似乎更是时不我与、千载难逢。其中的贪婪、险恶、自私，却又仿佛信手拈来，毫无沉重之感与歉疚之态。如此想来，不免令人多少有些悲凉、有些后怕。小桂对大桂的残忍与冷酷，由于大桂的懵懂、纯粹以及终不得已的释然，反而更为放大开来。鲁迅所诉及的最坏的恶意，显然是将中国的人心之恶，指向了无穷的限度；而之所以会至于如此糟糕的境地，便也是源于世俗之限度的模糊。不消说，利益至上的世俗姿态，俨然已经成为当下中国驱之不尽的鬼魅，如何通过文学与文化，申诉世俗的限度，重塑世俗的品相，这是小说所提出的深刻命题。

王昕朋的这部中篇，以及包括《第十九层》《北京上午九点钟》等，从讲故事的角度而言，没有波澜起伏的情节，也不在意丰富复杂的人性世界，更没有写出人心的回环转换；然而，却能够通过耐心的铺垫，于小说几近结尾之处，点缀数笔，便将人物在世俗生活中的态度，以及寄寓其间的精神与灵魂之高下，揭示殆尽。如是这般表面上仿佛无所为之的叙事手法，实则令小说的深层意图卒章显志。叙事而不携价值立场，书写却不入道德评断，然却也能建构出的发人深省的文本世界，点破细部幽微的人性。在这里需要指出的是，"世俗"作为一种生活现象和现实存在，千重人生，万般活法，其固然无所谓限度。然而，"世俗"却又必须牵连人世的精神和价值，这个层面也理应成为世俗人生始终坚守之所在，否则，如若任其随处漫溢，最终将失落道德礼义，也将失却世道人心，从这个层面而言，世俗万不可失其界限。

不得不说，王昕朋的写作，有着针砭时弊的内在旨向，树立起了对时代有所思的创作姿态。罗兰·巴特提出："我期待的是一种不会麻痹他者、读者的写作。但那也不会太过于熟悉，不管怎么说。这就是困难之所在：我希望实现某种既不是麻痹性的又不是过分'友好'的写作。"这就呼唤一种有难度的写作，这里的难度不单单是针砭时弊带来的风险，同时也意味着写作者自身塑成的辨识力与判断力，不仅如此，这其中还隐现着文学本身的操守和立场。如何在时代洪流中，完成叙事伦理的塑造与反身塑造，将切入现实肌理的语辞进行编排与重新包裹，这里面涉及的是当代中国文学的价值生产与文化再生产的关系，是真正触及"时代的精神状况"的修辞难题。

到了中篇小说《寸土寸金》（《芙蓉》2018 年第 6 期），以及《黄河岸边是家乡》（《芙蓉》2020 年第 4 期），王昕朋的创作有了新的转向，那就是对于新发展理念的秉持和发抒。但这样的转向实际上也其来有自，王昕朋在 2013 年的中篇小说《消失的绿洲》，以及 2014 年的长篇小说《花开岁月》中，都曾有过对生态文明的深切思考，但持之以恒的仍旧是对现实问题的关切，却与当下的新发展理念不谋而合。《寸土寸金》围绕着北州市大龙湖的开发与否，多方进行了斡旋，不仅是自然的生态，而且直击官场之生态。小说一方是掌握着地方政治权力的北州市市长张金阳、市委书记李苏，两人表面合作，实则暗里较劲，意见分歧很大，但最后经过多方斡旋，达成了共识；另一方则是来自民间的力量，老韩头、平原、丛琳及广大群众，他们本着维护大龙湖生态环境的执念，试图在官商之间周旋，然而处境异常艰难；而在政商之间左右腾挪，试图攫取最大利益的是赵常委、孙家祥、马二嫂子等人。最终，底层的呼声得到了响应，而高层的决策亦令人信服。这是关乎一个时代的多重纠葛，同时也是当代中国新发展理念下不得不处理的问题，而关于新发展理念下的文学叙事，我则一直秉持这样的观念，"生态叙事的中心可以是自然和环境，但终点和宗旨却未必以'生态'收束，其更重要的是背后的人心、人性与人文，生态美学与精神伦理是一体两面的，生态既是自然层面的生态，也是精神与主体的生态，以此形塑更为多重的意义和更为复杂的维度。而且，新发展理念下的生态叙事，同时也并不意味着先入为主的单一主题，并非必然占主导性的绝对主旨，生态与其他主题是并存的，其可以是次要的但却是必要的，甚至成为其他主题的辅助而不丧失自身的独立意义，又或者生态理念仅仅是背景式存在与伦理性倾向，关键在于意义的协调与发展的创新。唯其如此，才能真正将生态叙事推向多元和多样，真正含纳新发展理念中不同层次的丰富性，并由此创造更多新的可能"（曾攀《新发展理念下的生态叙事——王昕朋小说及当代中国生态文学论略》，《文艺报》2020年7月6日）。可以说，对于王昕朋而言，"时代"并非一个冷冰冰的词语，其包括社会制度、阶级状况、人心人性、文化精神等，是一种多元存在的复合体。正是在这个意义而言，"时代"充满着热度和意味，是看得见、摸得着、说得出的实感存在，文学与时代的关系是有机的多维的，更重要的，文学置身于时代这一装置之中，又反身映照和建构时代本身。

昆德拉把西方小说史或欧洲小说史划分为三种形态：以拉伯雷、塞万提斯等人的小说为代表的"上半时"，以巴尔扎克、普鲁斯特等人的小说为代表的"下半时"，以及以卡夫卡、布洛赫等人的小说为代表的"第三时"。我的理解是，所谓"第三时"小说及其对"上半时"之文体自由的重新返归，意味着虚构叙事是一个开放的观念，不仅从内部语言修辞的张力，同时也响应外部的启发而构造新的文本形式。如果推及王昕朋的小说创作，他对小说形式与写作题材的多元探索，与时代的丰富复杂是相呼应的，反过来说，当代中国在不断拓新自身的发展时，事实上便是在倒逼文学进行自身的革变，这是一个在曲折中前行的过程。

　　当然，文学与时代的关联，需要建立真正的历史意识，这里的历史既是一个纵向的流变，同时也是一种时间的概念，不仅牵涉文学自身的有效性与合法性，同时也意味着叙事的姿态、立场和指向。本雅明曾提及何谓历史意识，也即其需要同时具备过去性与当代性，这与克罗齐的"一切历史都是当代史"颇有相通之处，在历史与当下找到合理的交点加以发抒；其二是需要重塑真正的个体经验，伽达默尔在《真理与方法》中，提及所谓经验，并不是简单的个体所经历的历史，而是塑成主体且具有建构意义的精神存在，本雅明更是在《经验与匮乏》中，呼吁在喧嚣而匮乏的时代，将自身从经验的疏离中脱离出来，获致或重构真正的生命体验；其三是重治小说的当代修辞学，克服僵化浅薄的叙事语言，重新打扫战场，修筑战壕，建立新的语言形态，形成新的对于陈腐和惯性对抗。此外则是塑造个人的总体精神，碎片化、拟象化的当代世界，不断消解真实经验与宏大精神，因而亟待重新捏合再造，正如韩少功在《当机器人成立作家协会》中提到人与人工智能的重要区别，就在于价值观本身，故人物主体身上的价值观，便意味着真正的"人"的文学修辞的有效性与可能性。

　　总体而言，小说叙事中蕴蓄的时代意识，是关于当代中国的问题关切与文学的在场叙事之间的交合，从纵向与横向视野出发达致的本质观念与问题意识，需要通过文学的叙事转化为内在的问题导向。这就不得不回到个人与时代真正的经验之中，尤其在当下的人工智能统摄下，人们更是陷入了种种或明或显的算法之中，或沉浸其间毫不自知，或有所察觉而无可奈何，故只能去拥抱之、服从之。王昕朋的小说正是在这样的时代处境中开始其思考和叙写，故而精神的与文化的困境往往跃然纸上。从文学史的角度而言，自 20 世纪 90 年代以来，文学面临着新的危机，事实上也面临着新的使命，个体生命的欲望侵蚀、宏大叙事消解、修辞美学的当代断层等，亟待文学叙事加以新的弥合整理。卢卡契认为现实主义作为伟大的文学，不单是一种风格，而是"一切真正伟大的文学的共同基础"。也就是说，时代现实是文学的基石，是叙事的内核。不管怎么说，能把时代写好的作家，要的是幽微细腻的洞察，同时不能失却宏阔的精神视野，在此过程中，"时代"并非完全是一种写实形态,而是一个有待回应与激活的对象,一种写作者所肩负之使命与所秉持之立场生发的修辞形态,以及由此抽象出来的具有方法论意义的总体性表达。

心有大爱笔有神

——记著名作家王昕朋

关圣力

　　如题所说，似是誉美之词，其实是读了王昕朋的作品后的真实想法。再者，我们文字交情，往来只在文章间，喜欢他的文字，佩服他的为人，其余便很淡很淡了，有时几个月，甚至一年，连个电话都没有的。

　　与王昕朋相识在北京后海。那年夏天的一个傍晚，我到《民族文学》杂志社去看朋友，刚好王昕朋在那里，他是去看望同在延安干校学习的同学。昕朋身材瘦小，结实。说话爽快，热情，喜欢抽烟。那天我们坐在沙发里聊天，他抽烟一支接一支。我对他说：烟要少抽点。他笑了说：想，是得少抽，可少不了啊。虽是第一次见，但都爱好文学，彼此感觉没有隔阂，天南海北地聊得痛快，说的都是关于文学的话和事，开心处便一起大笑。大概是文学观点一样吧，晚上便去坐落在后海边的"孔乙己"酒馆喝酒。那时，还没读过他的小说，只知道他是作家。我们是同行。

　　等到读了他的小说，我暗自吃惊，这是一个什么样的人啊。王昕朋身为国家机关的工作人员，却以自己的文字，关注着普通民众的生活疾苦和坎坷遭遇。他的小说，从平实的叙事里，把我们现实社会中的真实存在，提炼出来，精练了，又虚构了，然后铺陈在读者面前，每一部小说，都带着对生命的关注，带着热爱生活的力度。读一读，便被他作品里的故事和人物感动了。他小说里塑造的人物，无论贫穷和富有，无论官员和百姓，个个都像我们熟悉的、生活在我们身边的邻居，极其真实，可恨又可爱地活跃在他的字里行间。于是，从那个时候，便喜欢他的作品了。后来又断断续续地读了他的许多作品，有小说，也有散文。

王昕朋的小说，绝不是那种千篇一律、随意编造、只写灯红酒绿、矫揉造作之物。他的小说，总是用文字把爱和恨，延伸进我们的生活，从小到大，从普通的人物命运和各色人等的生活、工作和行为展开，聚集起具有代表性的素材，虚构了一部又一部贴近现实生活的作品。他的小说，情节丰厚，细节细腻，承载了历史中真实的碎片，承载了大众生活里的坎坷，承载了他作为作家对生命、对生活的美好渴望和对邪恶霸道的无奈。他的每一部作品，都蕴含着他的真实情感。如他自己所说：我从知青开始了人生，我做过工人，做过编辑，也做过官员，我经历中的父老乡亲、兄弟姐妹，我到地方调研时，看到的普通人的真实生活，他们所经历的那些快乐、那种痛苦，都是我熟悉的，也是我曾经经历过的，我熟悉他们的心灵深处的酸甜苦辣。所以，我的小说里，总是掺杂着我无法抹掉的感情。这种藏于心里真实的情感，左右着我的笔，我不能，真的不能不关注他们的存在。

通过王昕朋笔下的人物，读者能够看到某些官员的荒淫和无耻，也能看到普通百姓的勤奋和无助，能够看到商贾的无良和奸诈，能够看到赤贫者的善良和美德，他从朴素的文学视角，审视着我们的生活，于人们最熟悉最普通的地方，撕破张狂虚伪的假面，用真实的素材，虚构成载满温度、载满热爱生命的文学碎片，贴补我们群体记忆的缺失。

私下里，与朋友谈起王昕朋的文学创作时，我们共同的疑问，在于他创作所用的素材，不仅朴实，而且宽阔，处处贴近现实。从他的长篇小说《天下苍生》《漂二代》等，到他的中篇小说《北京户口》《村长秘书》《红宝石》和"并非"系列等作品，都能看到他在描述大众命途多舛的同时，还洋溢着浓厚的民族文化，顺畅的叙事语言，不无诙谐幽默的民间俚语，常常将他的作品溶解在读者会意的记忆里。

他当过农民，做过工人，通过自己的努力，成为一个文化人，又成为一个国家重要机关的工作人员。工作不断地变换，可王昕朋对文学的执着没有变，他从 1975 年开始发表小说，至今已近 40 年的创作经历，在这期间，他凭借自己对生活的感悟，对人生的理解，创作出几百万字的文学作品。而且，他在繁忙的工作中，仍然不断地进行着文学创作。他的作品，被越来越多的文学刊物传播，被越来越多的读者喜爱。

最近几年，王昕朋在工作之余，深入生活，了解从外省到北京创业的群体。以小说的形式，将这些生活在边缘的人们所经历的坎坷、郁闷、尴尬和努力，描绘出来，出版了长篇小说《漂二代》。与此同时，他还在《特区文学》《星火》《十月》《北京文学》《中国作家》等多家文学刊物，发表了大量的中篇小说，其中《红宝石》被《小说选刊》选载；《并非游戏》被《中篇小说选刊》选载；《北京户口》被《中华文学选刊》和《红旗文摘》选载；《并非闹剧》《村长秘书》被《北京文学·中篇小说月报》选载；《风水宝地》《方向》被《作品与争鸣》选载。这些颇具影响力的作品，引起了许多文学评论家关注、评论和推介。

能够取得如此丰硕的创作成果，完全是王昕朋勤奋的必然。有次聊天，我问起他，哪有时间写出这么多的好作品。他笑了笑，自己点燃一支烟，又把一支烟扔给我，才说：“有太多的东西想写出来，都积攒在心里，不挤时间写，总感觉不踏实。为了避免情节相似，我常常采取同时写几个作品。这样，许多人物同时出现在我的笔下，他们的音容笑貌，他们的坎坷磨难，随时与我的思维碰撞，这些人物，大多来自我的记忆和经历，他们都是真实存在的，我要用我的文字和他们交流感情，尽我微薄的能力，让他们的生命，借助文学作品，永远存在。”

是的，王昕朋作品里塑造的文学人物，每一个都具有独特文学特征，譬如直率粗俗委屈的老套筒子，飞扬跋扈千方百计巴结首长的四眼书记，唯利是图随时想侵占村民集体财产的官员，为获得一个北京户口被诈骗得走投无路的青年学子，为吃口粮食而被迫失身的妇女，等等。王昕朋塑造了这些活灵活现的文学人物，他们又成就了王昕朋的小说。王昕朋所创作的文学作品，相比那些题材相似、情节相似、语言相似的作品，有着质的区别。他的小说，在关注现实的同时，对生命的存在，有着深层开掘的渴望。他试图使自己小说里的人物，克服我们的弱点，积蓄我们的力量，去追求更好的生活。

我们知道，小说里的世界，其实是作家在审视了现实存在后，以自己对社会的感悟，希望对种种不合理的存在进行修正，以使众生远离痛苦、压迫和欺诈，能够获得更多机会，拥有公正、和平和爱情。作家对现实的关注，从哲学的层面来判断，才能体现其作品的文学价值。

或许，王昕朋正在做着这样的努力。

王昕朋笔下的精神文化

韩大华

　　在当代中国文学史上，常常有一些作家的作品问世时仿佛"本自无人识"的山谷幽兰，几乎没有引起文学界重视。但随着时间的推移，便出现了"只为馨香重，求者遍山隅"的境界，其作品越来越为人们所关注，越来越被读者所接受，所喜爱。我读了王昕朋的中篇小说集《是非人生》便隐隐约约产生了这种感觉。王昕朋发表的短篇、中篇、长篇小说迄今已逾八十万字，虽未引起什么"轰动效应"，但我相信每一位打开他的作品认真读一读的人，都会为之爱不释手。

　　《是非人生》共收入《是非人生》《黑白之间》《绝镇佳人》《秦香莲上访团》四个中篇，不必说作品所塑造的一个个人物形象都那么血肉丰满、栩栩如生，不必说充溢在作品中的乡土气息是那么令人感到亲切自然、扑面而来，也不必说作品语言叙述的"怪异美"是那样令人耳目一新，单是作品所揭示的情与欲对立的精神文化现象，就为我们展开了一幅绚烂多彩的社会风俗画。

　　我国文学作品的传统基调是把情和欲作为一种对立的文化模式来表现的，或者说是扬情抑欲的。孔子诵诗三百，为什么单单斥郑声呢？盖因郑声

"淫"，多有"男女媟洽之词"。自此，这样的模式便成了文学的正统，影响之大，绵延而至今日。

　　人在原始状态中，欲是放纵而无节制的，而自从踏上文明之路，欲就受到文明的规范和制约，从而升华为爱，由爱而生情，情又转化为欲，而这种欲已非人之原欲，而已由粗鄙转化为优美，使情和欲发生分离，划出了人与兽的分界线。于是，人生便演出了一幕幕情和欲的悲剧和喜剧，充满了是是非非。这种是非，即在表明在特定的社会文化背景中，情和欲又演化成一种伦理上的对立，并作为一种特殊的文化模式规范着人的心理和行为。《绝镇佳人》中柳儿与朱二平的情爱，是作者着力描绘并加以赞颂的一种纯情的爱，俩人青梅竹马、两小无猜、心心相印、情投意合，可谓天生一对、地造一双，但柳儿的父母从经济利益和社会地位的实惠着眼，硬是棒打鸳鸯两分离，把柳儿嫁给了镇上第一个发了财的富户而且戴上了劳动模范桂冠的沈富贵为妻。沈富贵与柳儿之间只有婚姻而无爱情，他的第一位妻子因被他认定不能生育而离了婚，继而娶了柳儿，婚后几年柳儿也未能生育，这就使沈柳之间没有爱情基础的婚姻更加索然无味。柳儿身在沈家心向朱，朱二平心目中也珍藏着对柳儿的爱，但这种属于少男少女才有的朦胧的爱，仿佛永远只能停留在思春期，是长不大的爱情。朱二平与柳儿似乎只要能在心目中受用这一点情爱也就满足了，并不奢想它有朝一日会臻于热烈奔放的成熟期。

　　王昕朋在《绝镇佳人》中津津乐道的是情和欲发生分离的传统精神文化。这种观念长期以来一直是文学创作的正统，而且最易于为广大读者所接受。它的特点是既承认欲的不可排除性，又善于协调两者之间的对立，使其纳入精神文化的既成轨道。最能鲜明地体现这一点的是当沈富贵终于发现是他本人患有不育症，不能生养儿子的责任全在于他自己的时候，为了传宗接代，他就煞费苦心地设计并导演了一幕让柳儿"放羊"借用朱二平的"人种"的丑剧。面对这样的一个现实，朱二平和柳儿都在内心深处痛感自己的爱情受到了莫大的玷污。柳儿和朱二平的爱情纠葛所展示的情与欲的对立是耐人寻味的，一方面是入骨的相思与爱恋之情，一方面是当情一旦转化为欲时，两人又顿生了罪恶感与羞耻感。这种精神文化现象正是当代人承受各种社会因子挤压的结果。柳儿与朱二平的情终于有了发展，成为爱与欲对立统一中升华的情。这一点，也是最能在读者心灵深处引起呼应的。

如果说，情大于欲时，情只能停留在长不大的思春期；那么当欲大于情时，欲便成了对情的一种玷污。这一点，在《黑白之间》里也有很鲜明的体现。丑丫头因为天生丽质，十三岁就被独山湖的土匪头子胡八爷抢占，做了他的八太太。胡八爷对丑丫头当然无情可言，有的只是欲的发泄。而八太太出于对情的向往和痴迷，便死心塌地地爱上了教书先生出身的张小毛。八太太对张小毛是一颗真心、一片纯情，所以当张小毛提出与她一道招安、上岸为民时，她就毅然决然与张小毛一起上了岸，历经磨难虽九死而情犹不变。相反张小毛对八太太却是欲极大而情极小，或者简直也像沈富贵对待柳儿一样，张小毛也只是把她当作泄欲的工具。所不同者，柳儿对沈富贵并无情爱，这就更加凸显了八太太的悲剧命运。当八太太越来越清晰地感受到这一点时，她也越来越深刻地感受到自己的情爱受到了玷污，最后她终于割断了残存的情丝而重返独山湖，从而步入了人生的新里程。

没有爱情的婚姻或者说脱离了爱情的婚姻虽然苦不堪言，但由于它打上了社会伦理的烙印，被世人视为正常，这就使人生充满了悲剧色彩。《秦香莲上访团》中的秦玉莲、柳知春、柳知冬、韩小侠都程度不同地处在这样的境遇之中。秦玉莲是一个好胜心极强、死要面子活受罪的女人，她一手组织并领导着"陈世美"，不惜通过党政机关、新闻媒介给法院施加影响，终于打赢了官司，使"陈世美"们的离婚申诉一个个宣告失败。但秦玉莲最后取得的只是一时的精神胜利，她的这种胜利只能和痛苦画等号。这里，王昕朋用辛辣的笔触对传统的精神文化现象做了有力的批判。柳知冬是一个与秦玉莲形成鲜明对比的形象。她与其他三位"秦香莲"不同的是，在上访即将"获胜"之时，她突然退出了"上访团"，因而感化了自己的那位"陈世美"，得以重归于好，破镜重圆。这就是说，柳知冬主要不是要赢得道义，而是要唤回情爱。后来，当她发觉她毕竟与身边的"陈世美"没有什么感情时，她又主动提出了离婚，这就更加表明了她对情执着追求的态度。

与此相反，那种没有婚姻的爱情或者说脱离了婚姻的爱情，虽然妙不可言，但也由于它打上了社会道德的烙印，而被世人认为有悖常理，同样使人生充满是非和悲剧。《是非人生》中年轻的国民党县长章静和秘书唐蓝不能说不是有情人，而且唐蓝作为彼时的新女性，颇具性开放意识，不顾世俗讽刺。但这样的关系一直是不被人们接受的，人们管这种关系叫"暧昧"关系，要通过"道德法庭"予以谴责。我们的社会是宁可承认没有爱情的婚姻而决不认可没有婚姻的爱情的。在这方面，王昕朋的小说为我们提供了生动而真实的参照。

在情和欲的对立中，我们的传统文化一向认为情是至上的，但另一方面又无可否认欲的不可排除性，这就造成了某些男人的虚伪性：既爱又恨，既羡慕又胆怯。传统观念认为社会是属于男子的，我们虽然喊了那么多年"男女平等"的口号，但"男主外，女主内"的意识仍根深蒂固。男儿在世要做一番轰轰烈烈的事业，耽于闺房之乐是"儿女情长、英雄气短"的无能表现。这又从另一侧面揭示了情与欲的对立。古代的妲己、赵飞燕、杨玉环既是美女的化身，又是"灾星""祸水"的代名词。《水浒传》中的好汉每每以不近女色自诩，宋江杀阎婆惜、武松杀潘金莲、石秀杀潘巧云都是被传为佳话的对女性轻蔑心理的表现。当今社会流传着这么一个笑话：某人给领导提意见说，领导各方面都不错，唯一的缺点是不接近女性。这与其说是批评领导，不如说是巧妙地拍领导马屁。因为从传统的观念看不近女色恰恰是作风正派的表现。可见，这种对女性轻蔑和恐惧的心理是多么源远流长。《绝镇佳人》中的沈富贵对柳儿也是既需要又恐惧，整天把柳儿关在家里，管得严严的，只有"放羊"的一段日子让她与朱二平自由了几天，柳儿一旦怀上孩子，沈富贵目的达到，就又故技重演，不让柳儿越雷池半步。《黑白之间》的张小毛也是这样，在独山湖时，张小毛对八太太百依百顺，唯唯诺诺，连大气也不敢喘，一旦上岸，在官府中混上一个小小督学，便神气起来，把八太太在独山湖的一段视为不光彩的历史，视为污点，油然而生了对八太太的轻蔑恐惧心理。所有这些都深深烙上了男权社会的印痕。在这种男权主导的情况下，女性只能处在附属地位，她的出现或消失，要由男性的需要与否来定。这便使情和欲的对立被欲和事业的矛盾来取代。在独山湖为"匪"时，张小毛需要八太太的庇护；到岸上为"民"时，张小毛把八太太看作他向上爬的累赘。在这里，王昕朋从虚伪的侧面描述了男性的模式。

王昕朋的《是非人生》充满了大量的爱情、婚姻描写，难能可贵的是这些描写既不流于一般化，又摆脱和突破了那种完全沦为动物性生理行为描写的廉价模式，从社会文化的角度描绘了一幅多彩多姿的社会风俗画，这样的美学追求无疑使他的作品增添了光彩。

所遗憾者，昕朋几篇小说的描述都略显粗糙和匆忙，缺少那种细腻的工笔，似有一种意犹未尽之感。所幸昕朋现在离"不惑"之年尚有时日，正是风华正茂的岁月，就小说创作而论，前途当是无量的。可以相信，他沿着这条美学道路孜孜以求，将来定会有更为受到读者青睐的大作问世。

椽笔总系苍生梦

——写在王昕朋《寸土寸金》出版之际

古耜

在我的记忆里，王兄昕朋的文学创作发轫于改革开放之初。20世纪七八十年代之交，他就有若干小说、散文、诗歌作品发表于《人民日报》《工人日报》以及多种地方报刊，是徐淮地区异军突起，引人瞩目的青年作家。此后四十多年里，伴随着时光迁流和时代嬗递，昕朋兄的生命足迹不断延展，工作岗位和社会责任亦一再发生变化，只是他对文学创作的那份热爱、执着和投入，始终不曾改变。还记得多年前的一个夏夜，时间已经很晚，电话里突然响起昕朋沉稳中不乏兴奋的声音：请老兄来星海广场的茶座一叙！原来他陪同一位领导同志到我所在的城市搞调研，在结束了全部工作之后，最让他念念不忘的，竟然是和文学同道朋友来一番神侃闲聊。

王昕朋献给文学创作的一腔热忱，赢得了缪斯的青睐。自20世纪90年代迄今，他除了在国内报刊不断推出各类文学作品外，先后出版长篇小说《红月亮》、《团支部书记》、《天下苍生》（合著）、《漂二代》等七部，中短篇小说集《姑娘那年十八岁》《北京户口》《红夹克》《是非人生》等七部，长篇报告文学和纪实文学作品集《雄性的太阳》《境界》等三部，另有散文集《冰雪之旅》《我们新三届》《金色莱茵》等。如此这般的创作成果即使放在专业作家身上，亦算得上丰沛、超卓，可喜可贺；而一旦同王昕朋这样长期担负实际工作乃至领导责任的"业余"作家联系起来，恐怕只能用天道酬勤来形容和褒奖了。而这一个"勤"字里，又包含了作家多少深夜无眠和假日伏案，以及几乎是如影随形、无处不在的精神操劳。

同为数不少的文坛50后一样，王昕朋作为作家的精神质地是同其生命实践和生活经验紧密相连的——长期供职国家机关以及挂职参与一座城市的管理，赋予他立足宏观，注重大势，把握本质的观念和思路；主持媒体和出版社，则砥砺了他观察社会的敏锐独到和思考问题的新颖深入；而早年曾有的做知青和当工人的经历，又使他一向拥有一种无法切割的底层意识，一种挥之不去的悲悯情怀。所有这些集合于一身，于无形中奠定了王昕朋文学创作的基本姿态与稳定取向。这就是：置身生活和时代的前沿，放出清醒冷峻而又不乏温情暖意的现实主义目光与笔力，直面当下社会的变革与转型，勇敢触及这一过程的热点、焦点、难点、痛点，就中描绘属于不同阶层、群体的各色人物，尤其是底层普通劳动者的哀乐悲喜与命运沉浮，努力为历经阵痛、蜕变，从而走向崛起、复兴的中国，留下真实的画卷和生动的面影。

唯其如此，在王昕朋的文学世界里，我们看到一系列打上了时代印记的故事、场景和人物：中篇小说《北京户口》透过生在北京的农民工子女，因为没有北京户口而无法继续升学，其父母为给女儿买户口而受骗上当的情节，揭示了农民工真正融入城市的巨大难度，以及长期以来城乡二元结构给中国城市化进程带来的历史性、悖论性困局。系列中篇《红宝石》《红宝马》《红夹克》聚焦五光十色的都市生态。其笔墨所至，不仅鞭挞了金钱对人性的腐蚀和扭曲，同时亦展现了美好人生与人格在物质挤压和诱惑下的健康成长。中篇小说《风水宝地》和《方向》属于农村题材，其人物和故事明显植根于当下，但精神根脉却连接着遥远的昨天。于是，作品在描绘现实景观的同时，反思了民族的历史与文化，进而传递出中国农民要实现命运改观和精神蝉蜕所无法回避的负重感与艰难性。大中篇《消逝的绿洲》的主人公，原本是在逆境中仍坚持治沙护绿的有为青年，然而在踏上顺遂的仕途后，却由于金钱的诱惑和权力的纵容，最终陷入贪腐堕落的泥淖，其潜移默化的轨迹，足以让人扼腕长叹且掩卷深思。长篇小说《漂二代》环绕二代"京漂"展开叙事，既勾画了这一群体的辛勤劳作、奋力打拼，以及他们经此获得身份认同的遥不可期；又状写了社会各方对该群体的态度，其中不乏欺骗、歧视，但更多的是理解、同情、呵护与扶持，这使得作品具备了多维度透视当下都市生活的性质。显然，诸如此类的作品所显示的，不仅是作家的艺术才情，更有其发现、认识和驾驭生活的超强能力。韩昌黎《答李翊书》有言："根之茂者其实遂，膏之沃者其光晔。"诚哉斯言！

王昕朋的文学创作始终坚持现实主义的大向度和主旋律，但不曾因此而导致艺术表达的一成不变，陈陈相因。事实上，在不断加深对现实主义精神和方法的理解与认识的前提下，积极调整视线，努力转换思维，切实做到有所扬弃，推陈出新，才是王昕朋的一贯心性与不懈追求。在这方面，作家新近推出的中篇小说集《寸土寸金》，有着充分而出色的体现。

这部小说集由《寸土寸金》《金融街郊路》《第十九层》《北京上午九点钟》四部中篇构成。其中《寸土寸金》触动的是近年来广受关注的环保主题；而《金融街郊路》等三部作品，则属于作家一向稔熟的底层书写。值得瞩目和称赏的是，这些新作无论揭示环保主题还是讲述底层生存，既没有重蹈作家以往的成功路径，也不曾复制当下文坛的流行意趣，而是坚持同中求异、旧中出新，颇下了一番"画到生时是熟时"（郑板桥诗）的功夫。譬如，被用作书名的《寸土寸金》，尽管也出现了常见于一些环保和官场小说的构思与情节，如北州市党政领导围绕大龙湖开发产生分歧与矛盾之类，不过这并不是作品的全部，除此之外，作家还以较大的篇幅，写到了房地产开发商、新闻记者、退休教师、湖边居民，以及少数投机炒房者等各种人物，对湖区开发的不同意愿、不同期待和不同行为。这种色彩不一的散点透视，不仅折射出商品经济条件下斑驳多元的社会心态，更重要的是呈现了广大人民群众呼唤和向往绿色生活的大潮流、大趋势。而后者正是北州市领导班子在湖区开发上，能够消除龃龉，获得共识的根本动力和最终依据。这时，整部作品有了新的认识价值。

《金融街郊路》《第十九层》《北京上午九点钟》，依次将主要人物设定为街头看车员、大公司保洁工、高档小区废品收购者。对于这些属于弱势群体的小人物，作家一如既往，予以妙笔点染，精致描画，只是其人物形象已发生了自然而微妙的变化，即他们不再更多以勤劳、善良、质朴为基调，而是在此之外平添了一些狭隘、自私、狡黠等负面的东西。如看车人的钩心斗角，投机敛财；保洁工的以怨报德，鸠占鹊巢；收废品者的苟且懵懂，想入非非……诸如此类的人物勾勒，显然承载着作家的忧患之思、慨叹之情，其中包含的那份"哀其不幸，怒其不争"，直接衔接着鲁迅当年的国民性解剖与批判。应当承认，这样一种创作取向，对于昕朋而言，无疑是自觉的探索与深刻的变法。

冯友兰先生曾为女儿冯宗璞的小说散文集写过一篇很重要也很精彩的序言。其中有这样一段文字："自然、社会、人生这三部大书，是一切知识的根据，一切智慧的源泉。真是浩如烟海，无边无际。一个人如果能够读懂其中的三卷五卷或三页五页，就可以写出'光芒万丈长'的文章。古今中外的真正伟大的作家，都是能读懂一点这样的书的人。这三部大书虽然好，可惜它们都不是用文字写的，故可称为'无字天书'。除了凭借聪明，还要有至精至诚的心劲才能把'无字天书'酿造为文字，让我们肉眼凡胎的人多少也能阅读。"在我看来，冯先生这段话，并非仅仅是写给女儿的，而是对所有文学耕耘者的激励、鞭策和期许。值此《寸土寸金》出版之际，我权且抄下这段文字借花献佛，预祝昕朋兄在未来的文学旅途上，多读无字之书，多有济世之文，以更加丰硕的成果，为新时代的百花园增绿添彩！

生活锻造自我

——《姑娘那年十八岁》小序

行人

粗略地算起来，昕朋创作的小说已经有两三本了，加上报告文学、诗歌、散文以及主编的报告文学等书籍，恐怕不下五六种之多、百余万字。现在，他又将自己的力作《姑娘那年十八岁》等中篇小说结集出版，可以预见，他的创作势头已经到了冲刺阶段。

昕朋让我为本书写序，我想了想，不妨从他与这本小说集有关的下乡插队说一说知青文学。

众所周知，"文革"中的知青出了一批颇有影响的作家。昕朋也不例外，他也从"新三届"的知识少年一跃而成为文学新秀。从知青到作家，这里有什么必然的联系吗？

是的，文学是生活的一面镜子，它要反映生活，就必须感知生活的原汁原味，甜美的和辛酸的，温热的和冷峻的，接受生活的磨难，领略生活的艰涩。正是在这一点上，成千上万个知识青年在社会这个大课堂上、在生活这个大课堂上提前阅读了社会生活这本大书，为他们后来的文学创作积累了最可珍贵的生活素材，锻炼了犀利的思想穿透力。

知识青年有"老三届"和"新三届"之分。对于"老三届"来说，他们当时可以称为知识青年，因为他们在学校里读了一些书，年龄也稍大一些。而对于"新三届"的同学来说，这种称呼就有些不确了，因为他们在学校里读的书太少，虽然名义上也是高中毕业、初中毕业，其实只是有小学文化，同时年龄也小，尚在年少。可以说，他们是加倍地超前步入了社会，过早地领略了生活的磨难。

对于按照正轨生活道路行进的青年来说，这是不幸的。但是，对于一个有志于文学事业的青年来说，这又是幸运的，是不幸中的大幸。幸运和不幸总是伴生的，希望和绝望也往往共存一处；幸运蕴蓄于不幸之中，希望潜藏于绝望之中。生活的辩证法就是如此。特别是对于一个以社会生活为母体的文学创作者来说，更是如此。"文章憎命达"，"文穷而后工"，从这个意义上说，正是这种超前的磨难和冷峻的生活造就了一代知青作家和知青文学。

当然，仅仅有社会生活的磨难而没有他们自身的主观努力，所谓从知青一跃而成为作家也是不可能的。特别是对于当时年龄既小而又知识贫乏的"新三届"知青来说，这种难度就更大更高了。

可以想见，从一个无知少年变成一个文学新秀，其中需要经历何等的艰辛，付出多大的代价！道路又是何其曲折和坎坷！

但是，性格开朗的昕朋却走过来了。

那么，他是克服了哪些难关走过来的呢？

第一，他必须攻克知识关，弥补自己知识的贫乏和不足。就是说，他必须将学校里没有学到的东西和学之甚少的知识，在下乡插队的劳动之余补上来。在这个问题上，不能不说昕朋是个有心人。在下乡插队之初，别的同学大多只带了一个铺盖卷和盆碗之类的生活日用品，而昕朋却不然，他多带了一个箱子。一个装满书籍的箱子。这书籍是他做教师的父母珍藏多年的，"文革"初期，号召"砸四旧"，"焚烧封资修的精神鸦片"，别人都砸了，烧了，他父母没舍得砸，没舍得烧，于是保存下来了，到了"文革"后期，风声渐缓，不再烧砸，于是成了昕朋的精神补剂和宝贝。据昕朋说，他家乡在皖北一个小镇上。他中、小学的寒暑假都回家乡去。有一次，他发现废品收购站存有不少书籍，都是"文革"时收的。他如获至宝，在废品收购站挑了一次又一次，把一些他感兴趣、能够读懂的都揣回家。这些书籍大多是文学方面的，有当代作家的，也有古代作家的，有中国文学名著，也有外国文学名著。昕朋就是靠着这些书籍了解文学和学习文学的。在劳动之余，他如饥似渴地阅读，像吃书一般五天一本，十天一本；他自己读，也借给别的同学读，不懂的地方，就互相请教；不认识的字就翻字典，查出来，问老师……就这样，昕朋肚子里渐渐有货了。

第二，他必须攻克写作关，在文字上接受锻炼。说起来，昕朋的写作生涯是十分荒唐而可笑的。起初，下乡插队知青中的一些年龄稍大而渐自成熟的同学来找他，请他帮忙，写个情书，于是他写了，而且成功率颇高，于是名声传出去，这个来找他写，那个也找他写，他几乎成了代写情书的专家。后来，一些结了婚有了孩子的同学见了他，还情趣十足地称他为"代写情书"的"专业户"，可见昕朋攻克写作关之始是何等的荒唐与可笑！

但是，荒唐中有严肃，可笑中有正经。这就是我要说的第三个关口了。

第三，他必须攻克文学关。在这个问题上，昕朋自己当时也许并未意识到，但他却在实践中进行了。那就是他在为别人代写情书的过程中，不自觉地钻进了别有洞天的文学洞府。这也许是歪打正着，无意栽柳柳成荫。高尔基说，"文学是人学"。但文学并不是一般的人学，不是以人体生理、病理为专门研究对象和治疗对象的医学和人体解剖学，而是人的心理学，人的感情文学，人的性格文学，人的思想文学，人的语言文学，当然也不排除人的生理文学和病理文学，但更多的却是偏重于人的社会属性。从这一点上考察，我以为昕朋替同学们代写情书就不是毫无意义了。写情书，就必须研究人物的心理、感情、性格、思想，就必须具备文学所必须具备的一切素质。因此，对于让他代写情书的同学来说，这情书为他们结出了爱情的果实，而对于昕朋来说，这情书不啻是他向文学的求婚，从此与文学结下了不解之缘。文学创作是年轻人的事业，充沛的感情投入，加上冷峻的生活磨难，昕朋的文学种子开始发芽了，扎根了，生长了。我想这大约是可以言之成理的，因为它是事实。

随着生活环境的变化，昕朋的视野不断扩展，思想也渐至成熟。这几年，昕朋的创作成果不少，我看了其中的一些作品，觉得中篇小说集《是非人生》在思想上已经接近成熟，艺术上则尚欠精致，结构上也不太讲究；长篇小说《红月亮》则不论在思想上还是在艺术上都有了较明显的飞跃，结构也讲究了。而这一本中篇小说集《姑娘那年十八岁》则更臻完善。

本书收入的《妈妈湖》《太阳岛》《山林作证》和《姑娘那年十八岁》四个中篇小说，写的都是知青生活，也可以说都是作者和他们一起下乡插队的同学们自己的生活写照。作者熟悉他们，了解他们，深知他们的迷惘、悲苦、无奈和绝望。时而为他们的苦闷而痛苦，为发生在他们身上的悲剧命运而忧伤；时而为他们的不幸而疑惧；时而为那个令人不安的时代而茫然，又为那些无法抗拒的时代思潮和政治运动而忧思，而反顾……

在这里，作者面对的是社会生活，是现实存在，是知青本身，而不是某种思想和理念。将生活推到读者面前，由读者去判断其中的对与错、是与非、好与坏、美与丑，全然不加褒贬。当然，我这样说，并不是说作者没有思想、没有爱憎、没有好恶和褒贬，不，有的，只不过比较隐蔽罢了。

在这个集子里，几个作品中的女性大都具有两面性，但两面性的侧重点即她们的主要方面各有不同，因此作者对她们的感情倾向即好恶和爱憎也不尽相同。《妈妈湖》中的"老三届"知青秦小芹，为了出人头地，违心地嫁给了一个当地农民，实现了她政治上入党当官的目的，果然当了村支部书记。在这里，婚姻"政治动因"超越了爱情因素而起到了决定作用。但是，没有爱情的婚姻毕竟是痛苦的，于是在"新三届"知青到来以后，她又与文中的"我"相爱。一边是政治，一边是爱情，白天是"支书"，黑夜是偷情者，在政治与爱情严重割裂和对立的年代，她只好准备着两种面具，频频交替着轮换自己的嘴脸，一面做人，一面做鬼，到头来，不但失去了爱情，也栽了政治的跟头。

如果说秦小芹的行径是可憎的话，那么《姑娘那年十八岁》中于小侠就有些可笑了。于小侠的飞黄腾达并非出自主动，而完全是被动的。一个普通知青只因做了一点好事就坐上了县革委会副主任的宝座，这不能不让周围的人们感到吃惊，甚至连她本人也感到茫然不知所措，于是她迷惘，她心悸，她不安，她惊恐，她惧怕，工作中处处被动，闹了种种可笑而又可悲的笑话。

同样，在《山林作证》中，作者对年轻漂亮的女讲师南南的命运也是同情的。南南不忍心看到自己的丈夫被政治运动所折磨，于是和丈夫一起出逃，来到了深山老林。她爱自己的丈夫，于是当自己的丈夫被毒蛇咬伤而生命危在旦夕的时候，她却不惜忍辱负重，委身于一个在深山老林中藏匿了十几年的山林"怪人"，从而使自己的丈夫存活下来。对于她自己的失节究竟应该如何看待？南南为让丈夫存活下来，不惜牺牲自己的贞节乃至自己的生命，这是超越生命的爱情使然，是至高无上的，是伟大的。但是她的丈夫却不这样看，致使她只好丧生于山林之间。这里，作者的爱憎和褒贬是隐蔽的，但同时又是明朗的。南南能够救活被毒蛇咬伤的丈夫，却不能摆脱传统的封建礼教和陈腐的道德观念的纠缠，因此，传统封建礼教和陈腐的道德观念是一条比毒蛇还要凶狠的致人死命的罪恶绳索。

生活的磨难使昕朋过早地成熟了。现在摆在昕朋面前的是艺术的横杆，如何跨越这根横杆？我想应该把姿势调整一下，跳得再美一些，轻松一些，这样也许会更好更完美一些。生活锻造自我，自我更需要不断地超越呀！

因为心怀大爱，所以笔载忧思

——读王昕朋的中篇小说

古耜

王昕朋是一位主张文学为人生、为社会的实力派小说家。显然是为了让自己的创作更自由也更便捷地构成与人生和社会的有效对话，从新世纪第二个十年起，昕朋暂且告别了他长期以来苦心经营的长篇小说世界，而将主要精力转入了中篇小说创作。在短短一年多的时间里，他先后在《十月》《中国作家》《北京文学》《特区文学》《星火》《朔方》《红豆》等刊物，几乎是一鼓作气地推出了《风水宝地》《方向》《村长秘书》《北京户口》《并非闹剧》《并非游戏》《红宝马》《红宝石》《红夹克》《金圈子》等十部中篇。这些纷至沓来的作品，或许还不能说已经多么精致和完美，但它们有个性、有追求、有深度、有重量，却是毋庸置疑的。特别是其中所蕴含的属于作家的那种强烈的责任感和道义感，那种贴近生活、直面现实、扶正祛邪、善善恶恶的担当精神，更是与当下小说领域每见的享乐主义、犬儒主义倾向和气息，构成了鲜明的反差，显示了一种匡时济世、激浊扬清的力量。正因为如此，这些作品问世后，收获了广泛的影响和良好的反馈——《小说选刊》《中华文学选刊》《红旗文摘》《作品与争鸣》《领导科学》《北京文学·中篇小说月报》等，全文转载了其中的若干篇章；多种报刊和多位评论家发表文章，对这些作品予以充分肯定、热情推介和深入阐发。于是，一个大器晚成而又活力沛然的小说家王昕朋，开始越来越清晰地现身于当代文坛。

阅读昕朋的中篇小说，最让人感到警醒和钦佩的，当是贯穿于其叙事全过程的那种敏感的"病灶"意识和真诚的"除病"精神。即作家从良知和使命出发，调动犀利的笔触和鲜活的形象，对当下社会生活中实际存在的种种问题、矛盾乃至阴影、弊端的清醒认识、准确揭示与勇敢解剖。你看：在《并非游戏》中，马沟村村民在村党支部书记的带领下，靠劳动致富，办起了为集体所有的煤炭企业，并因此而积累了财富，改变了命运，铺开了幸福美好的生活前景。但就在这时，上级下达了集体企业一律改为股份制的指令，一时间，金钱和权力联姻，贪婪与卑鄙合谋，一些人打着冠冕堂皇的旗号，试图侵吞民众的财产，其中的偷天换日和巧取豪夺，令人不寒而栗，进而不得不想：一切何以如此？《北京户口》聚焦外地打工人员子女的就学问题：河南籍"漂二代"刘京生，聪明好学，成绩优异，虽然生在和长在北京，但因为没有北京户口而无法就地参加中考。为了让女儿继续留在北京读书发展，父母不得不走门路、托关系，结果是用多年的积蓄换来了受骗上当。万般无奈之下，刘京生考入国外的学校，她在由国外写给老师的邮件里发问：外国都对我们敞开了大门，为什么北京作为祖国的首都，却把我们无情地拒之门外？这时，中国社会长期城乡二元结构所造成的不良后果，便成为我们认真反思的内容。《金圈子》把观察的镜头移至教育界和文艺界。按说，这里应当是洁净、清雅和斯文的所在，但实际上同样充斥着以金钱和肉欲为幕后推手的密谋、交易、陷阱以及种种潜规则，它们不仅使艺术水准和专业人才的考量失去了真实、公平与公正，而且严重破坏着整个社会教书育人的道德底线和精神生产的基本秩序。难怪像金太阳这样恪守良知与珍惜节操的名教授，置身其间，会感到莫大的痛苦、困惑乃至愤怒。显然，诸如此类的描写针针见血而又力透纸背，足以引发读者的盛世忧思。

如果说以上所写主要揭示了物质时代和转型社会对人的精神的消极濡染与负面影响，那么《风水宝地》和《方向》所承载的生命和心灵图景，则包含了更为复杂也更为深邃的历史与文化内涵。譬如，在《方向》中，孙守田和他的儿女们，因为家中大门改向问题所发生的分歧与矛盾，将传统的家族中心、风水崇拜，同今日唯利是图的拜金主义、肉欲膨胀的享乐主义，混杂和缠绕在一起，就中尽显了后者与前者的诡异结合、奇妙生发，特别是写活了前者对后者的暗通款曲、推波助澜，从而构成了作家的真诚告诫：封建糟粕根深蒂固而又潜移默化，时至今日，它不但没有销声匿迹，反而正搅拌着现代人毫无节制的私欲卷土重来，对此，我们不可掉以轻心。而一部《风水宝地》，则凭借一个叫河湾的小镇，浓缩了中国近代以来的历史风云，其中上演的兴衰沉浮和贫富轮回，不仅传递出几代农民曲折多变的命运历程，而且凸显了这命运历程中包含的观念悲剧和人性软肋：张家爷爷的吃喝嫖赌，挥霍无度；张守业的浮夸褊狭，思想僵化；韩反修的恃强凌弱，为富不仁……所有这些，仿佛都在强调一种理念：社会的发展和人类的进步，并不仅仅意味着经济的繁荣和物质的富足，同时，它还应当有一个精神的维度，这就是：作为社会主体的人以健康的人性和健全的人格，能动地参与社会生活，自觉地推动历史前行。

昕朋的中篇小说无情且有力地揭露着生活的弊端和人性的扭曲，只是却不曾因此而导致作品基调的压抑和场景的"溢恶"，同时也没有出现这类作品以往多见的"辞气浮露，笔无藏锋"（鲁迅语）的缺憾。它们的整体表达，是风格上的沉重而不失昂扬，忧愤而不弃温暖，尖锐而不忘含蓄；是精神指向上的既正视历史的阵痛，又憧憬未来的光明，既正视生活的暗淡，又讴歌时代的亮色。而如此效果之所以生成，在很大程度上取决于作家在直击丑恶与病相的同时，以热情而饱满的笔墨，塑造了一系列既植根于当下生活土壤，同时又熠耀着理想主义光彩的人物形象。不是吗？《村长秘书》中的大学生村官杨东东，热情、正派、勇敢，为了让地处偏远的民全村脱贫致富，他抛开个人利益，毅然站到弱势村民一边，同以村委会主任为代表的腐恶势力展开斗争，关键时刻甚至不惜以身体来阻拦企图铲掉群众麦田的推土机。在杨东东身上，我们不仅领略了青年一代的精神风采，而且看到了中国农村的希望。《金圈子》中的音乐学院教授金太阳，早已功成名就，且拥有众星捧月般的多种人脉和多重资源。他如果不辨媸妍，心安理得地顺从庸俗乃至窳败的世风，无疑会名利双收，其乐融融。然而，一种由来已久的良知和操守，却使他痛苦不堪，最终果决地斩断名缰利锁，带领女儿和高足，在欠发达的西部搞起了免费的音乐教育。于是，一潭浑浊的物欲泥塘里，映现出中国知识分子的高风亮节。《红宝石》里的冯军、宋佳佳夫妇，立足基层，几十年如一日，兢兢业业地做事，清清白白地做人，其苦苦的坚守和隐隐的抗争，连同他们面对厄运和不公时的那份淡定与断然，酿造出平凡中的崇高，让人联想到由鲁迅所命名的"中国人的脊梁"。此外，《并非游戏》中的村支书马平安、支委马奔，《村长秘书》中的老模范杨进、女青年刘小芹等，都在不同程度上连接着人民的血脉与心声，代表着正义、奉献和前进的力量，因而他们留给读者的，是灵魂的净化和信念的提升。

值得特别指出的是，昕朋的中篇小说在展示生活亮色、塑造理想人物的同时，还调动明丽而温润的笔墨，着力描绘了当下生活中的边缘存在和弱势群体。如：在都市洗车场打工的河南"京漂"，以及和他们同在地下室栖身的未找到工作的大学生（《红宝马》）；由于种种原因和境遇，而流落到都市街头，进而加入"丐帮"做乞丐的农村学生（《红夹克》）；在京城寄读的打工者子女（《北京户口》）；等等。在作家笔下，这些漂泊于都市的青少年，显然不是无懈可击的天使，相反，他们各有各的缺点和毛病，他们的某些行为也并不值得称赏和提倡。但是，在他们的内心深处，善良、同情、求知、互助、上进仍然是主流，是本色，为此，他们各有各的是非标准和道德底线，也各以各的方式从事自救甚或救人，最终成为对社会、对他人有益的人。应当看到，无论对于理想人物抑或弱势群体，作为作家的王昕朋都不仅给予了道义尺度上的肯定性评价，更重要的是灌注了情感层面的由衷拥戴或深切悲悯。后者不仅有效地支撑起作品中血肉丰满的人物形象和栩栩如生的社会场景，同时还促成了作品整体的大爱境界，进而呈现出作家中篇创作一以贯之的精神轨迹与审美逻辑——因为心怀大爱，所以笔载忧思。

为时代留下一点点痕迹

——王昕朋小说印象

王干

业余从事文学创作的人当中，不乏高手，王昕朋算一个。

我认识王昕朋，是我在《中华文学选刊》工作时，选了他2010年发表在《星火》文学期刊第6期上的一部中篇小说，名叫《北京户口》。看他的行文和语言，满以为他是一位专业作家，他的小说接地气，有着浓烈的生活气息，有着鲜明的时代特征，同时有着深刻的人生思考。待见面时，才知道他在国家机关工作，虽然主要和文字打交道，但对文学创作来说是一位业余作者，这让我很吃惊。我读过很多公务员写的文学作品，由于日积月累的习惯性写作，这些公务员写出来的文学作品，多少带着职业的痕迹，虽然官话被过滤掉了，套话却会不由自主地流动笔下。王昕朋没有，他在写小说、写散文甚至写诗歌时，依然一副专业作家的做派，把他的公务员身份藏得很深，或者是彻底隐匿掉了。

文人从政，官员作文，自古以来是分不开的。只是近代以来，由于分工的缘故，文人与政治家的分野渐渐明显起来，一些原本是文人的作家，从政以后也被官话同化了，写起文章来也官腔五十三度或者六十度以上。王昕朋却没有改变一个作家的话语方式，还能依照文学的规则行文，说明他内心有一颗不老的文学的心。赤子之心是文学的内核，也是文学最有魅力的所在。

　　渐渐地，我和王昕朋熟悉起来，我们都来自苏北，最早的文学启程都是从小县城开始的，我的文学起步算早的，而王昕朋更早。1979 年 4 月我在《雨花》发表第一篇小说，当年十九岁，而王昕朋的处女作是在 1975 年发表的，当时十八岁，应该说比我早一步登上文坛。更重要的是，我的小说梦因为搞文学评论的原因就半途而废了，而王昕朋的小说创作不但跨世纪了，且近半个世纪持续而高产，长篇小说都出十多部了，再加上几十部中短篇小说和散文、报告文学集等，总量差不多接近千万字了吧？一位"业余作家"，不知道他的这些作品，是在什么样的状态下创作出来的？可以肯定地说，一是对文学的无限热爱，二是来自于对时代的持久追寻和深刻思考，如果没有对生活的真诚热爱和对文学的无比虔诚，完成这么多作品，取得这么丰厚的成就，几乎是难以想象的。熟悉以后才知道，他的业余时间几乎都在和文学相守，换句话说，他和文学创作已经难舍难分。

　　评论界对作家王昕朋的小说研究不够，对其作品审美价值的挖掘也不够。比如我自己，写了几十年的评论，看了几十年的作品，到今天还是没能阅读完他的全部作品。但对王昕朋的代表作长篇小说《漂二代》印象十分深刻。因为这部作品是在人民文学出版社出版，作为二审，我多次翻阅过，其中的主要人物、故事情节甚至于一些细节让我难忘。当时看了他的中篇小说《北京户口》，写的是类似题材，就希望他扩展成一部长篇。之前有过先例，邵丽的《我的生活质量》和张者的《桃李》都是《中华文学选刊》选了他们的中篇之后，我们约稿让其扩展为长篇，效果都不错。没想到王昕朋早就有了类似的想法，于是一拍即合，有了《漂二代》的出版。《漂二代》出版之后，南北评论家好评如潮，我看到的评论文章好像有几十篇之多，还上了手机阅读。后来，《漂二代》列入中国当代作品走出去翻译出版工程，英文版已经在纽约推出，还要推出其他文种的版本，这是很不容易的。

　　上面说了那么多，其实都和"漂二代"这个话题有关。在我看来，这部《漂二代》，是一部从"漂一代"观照"漂二代"的小说，或者说是一部由"漂二代"回望"漂一代"的小说。小说原来的名字叫《穷二代》，但《穷二代》这个名字太刺激了，后来改为《漂二代》，好像更适合我们这一代人，一路从上世纪 80 年代走来，人生不断在"漂移"，也就是"漂一代"真正落地了，不漂了，漂成功了，机遇是这个时代给予的，作为一个作家，他的人生积淀和文学沉潜，都和这个时代有关。忠实记录自己成长的时代，是文学史上的重要现象。

上个世纪 80 年代以来，这类优秀作家、成功作品很多，如"五七一代""知青一代"等。王昕朋的贡献，与"五七一代"作家、"知青一代"作家不同，或者说从一个角度上实现了超越，就是作为一个有着现实主义情怀的作家，他选择放弃还原"漂一代"的艰难时世，而是转向观照"漂二代"的爱恨情仇、奋斗挣扎、崛起沉沦。这种情感的倾注不是单向的，是一种双向流动。读者在阅读《漂二代》这部长篇的时候，还能感悟到作者对自己踉跄脚步的回望，在"漂二代"若干人物身上，看得到"漂一代"的影子。两代人之间的血脉是相通的，气息是呼应的。也许是作家在通过自己作品中的人物，检讨自己的过往，渴望时光倒流，有机会修正自己的行走履痕。时代留给两代人的人生打磨，当然有所不同，当然也会有雷同。作家的使命，是揭示时代前行的变与不变，进而增加两代人生命的厚度。"漂一代"与"漂二代"，实际上互为"镜像"。王昕朋在这个方面应该而且可以有更大的创作空间。

也是在这个层面上，王昕朋对"漂二代"倾注了真诚的同情和炙热的爱心。他的《漂二代》以及《北京户口》《红夹克》《红宝马》《北京上午九点钟》《金融街郊路》等一系列中篇小说，是带着体温的写作，用汪曾祺的话说，是贴着人物写的。有评论说他"心有大爱笔有神"，是知音之论。《漂二代》小说中的肖家兄妹、少年张杰、社区干部、管片民警等，十八里香人的职业身份，一系列中篇小说中的洗车工、保洁员、停车场收费员、鞋匠、报亭售货员等他笔下的底层人物，远比"引车卖浆者流"更复杂，他都给予了长辈的宽容、宽厚。文字可能是节制的，理解和同情是满溢的。这些"漂二代"是"漂一代"的血脉传人，是他们迭代了"漂一代"的向外、向上、向前的精气神，是这些"漂二代"构成了时代洪流一泻千里不可阻遏。正是这种"大爱",才使得王昕朋笔下的人物生动可信、鲜活真实,读者总可以触摸到他们的心跳和脉搏。

王昕朋从上世纪 80 年代一路走来,他的社会角色,一面是理性的政策研究,一面是感性的小说作家,二者融汇在作品中,已经两面一体、合二为一。有人说他的小说是"问题小说",这是没有真的读懂王昕朋,王昕朋的小说是从"问题"入手,更重要的是对时代精神的打量,这是王昕朋作品的现实主义价值和在时代变革中的"书记官"价值。半个世纪过去了,王昕朋的步履坚定而沉稳,长久而迅疾,在文坛留下不同于他人的足迹,有望为我们这个时代留下一点点的痕迹。

王昕朋进城系列小说：
问题打工者与新进城叙事

师力斌

我们常说城市化，乡下人怎么被城市化？常说进城打工者，送快递的、看大门的、停车收费的，打交道不过五分钟，又有多深的了解？

作家王昕朋的三部中篇：《金融街郊路》(《北京文学》2016 年第 9 期)，《第十九层》(《特区文学》2016 年第 5 期)，《北京上午九点钟》(《芙蓉》2017 年第 1 期)，都是有关进城打工者，是对这一群体的新叙事、新理解，初步呈现了一种新的进城叙事。《金融街郊路》写农民进城当停车场收费员，《第十九层》写高楼大公司里的保洁工，《北京上午九点钟》写高档小区收废品的破烂王。三个行当都是人们最常见的进城打工职业。

之所以说新理解、新叙事，首先是因为这三部作品提供了进城打工者的另外一面，有别于以往其他进城叙事。上个世纪 80 年代的陈奂生进城，那是刘姥姥进大观园，有一种乡村遭遇现代城市的震惊体验，有改革开放初期农民强烈的进取精神，洋溢着喜剧意识。而本世纪初《涂自强的个人悲伤》《看不见的城市》等进城叙事，具有更多艰难困苦和悲剧色彩，两部小说的主人公涂自强和天岫，最后都死掉了。与此不同，王昕朋这三部中篇构成的进城叙事，既非悲剧，也非喜剧，而是持一种客观呈现态度，不美化、不嘲讽，冷静道来，颇有社会剖析小说的况味。常见的进城叙事中打工者打拼的问题、生存的问题都涉及了，但不是重点。小说重点在于这些人物的道德观念，说得更直接一点，是道德观念中的瑕疵、丑陋的部分。三部作品的三个进城打工者，两个大桂，一个二泉，应当说是陈奂生们的孩子辈。他们不同于陈奂生、涂自强、天岫的善良、忍耐和刻苦，而是精明势利，甚至强悍，长于与城里人周旋，处处使小心眼儿，经常钻人际的空子，成为当代文学进城叙事中新的人物形象。

　　刘大桂是《金融街郊路》《第十九层》的贯穿性人物，两部小说有很明显的连续性。《金融街郊路》中刘大桂是停车场收费员，主要的戏份是与男收费员老伍、妹妹小桂以及车主之间钩心斗角。小说中打酱油的胖姐成为《第十九层》中与大桂演对手戏的重要人物。两部小说连缀起来，就呈现了大桂进城以后的戏剧性转变。在《金融街郊路》中，刘大桂是一个相对诚实、不敢瞒着老板往自己腰包里装钱的农民菜鸟，在小桂的调教和与老伍的竞争中，逐步转变为一个能够随机应变、看人下菜的熟练工。对胖姐赠衣赠食的小恩惠还心存感激。到了《第十九层》中，刘大桂的生存竞争力大幅提升，周旋于国有公司几个老总间，几近八面玲珑。她学会了利用女色，与掌握权力的韩总有一腿，为自己打开方便之门。最让人大跌眼镜的是，大桂忘恩负义，以租房的名义强行霸占了曾经的好友、财务胖姐的房子。两部小说如果起一个总的副标题，就是"善良农民刘大桂消亡史"。这一标题同样适用于《北京上午九点钟》。高档小区收废品的二泉一出场就非良善之辈，仗着他当后勤行政处长哥哥的权力，废品生意越做越大，甚至到了无视众人、要挟整个小区居民的"狂妄"地步，活脱脱地呈现了那些裙带打工者进城来分一杯羹的"理所应当"心态。小说使我们注意到，人的阶层不仅以经济条件来划分，有时候也是心态。物质上的穷人，心理上很可能是一个食利者、剥削者。大部分的破烂王靠不怕脏不怕累的苦干，靠积少成多的愚公精神，二泉靠的纯粹是权力，配一副小人得势的市侩嘴脸，这样的形象在当代进城打工者中着实少见。二泉不妨看作男版、加强版的刘大桂。

三部小说以其历史唯物主义的观察，揭示了当前进城人群中的问题打工者。打工者变丑变坏，并非本质化叙事。他们并非天生如此，而是环境使然。大桂的改变，一方面是小桂的调教，更重要的是出于与老伍竞争的利益需要。打工者与官员、商人一样，也是人；打工场与官场、职场一样，也是名利场。这个观念在小说《北京上午九点钟》中表达得更充分。

如果说，《金融街郊路》《第十九层》两部小说叙述了进城打工者由漂泊到立足、由好变坏、由纯洁变复杂的"善良农民消亡史"，那么《北京上午九点钟》便是打工者进城立足之后，深层城市生活介入史。为此，小说采用了巧妙的设计，打工者二泉有了一个当官的哥哥做靠山。这个设计表达了另一个现实观照，即打工者并非全部无根无脉。这显示了王昕朋观察复杂现实的独特眼光。二泉一露面就是一个动机不纯、态度不端的问题打工者典型。他进城不是想通过劳动致富，而是抱着守株待兔、靠关系吃饭的腐朽思想，难怪他对帮衬他的哥哥还横加指责："我抛家别子来北京是挣钱的。你当着处长，住着宽敞的三房一厅，开着几十万的小轿车……"他在大门保安小平头的调教下，在与烟酒店老板的交道中，学会了待价而沽、见机行事。小说在呈现二泉道德污点的同时，以进城打工者的视角，介入比停车收费、楼道清洁、生活垃圾等更深一层的生活，那就是高档小区隐秘的食物链。此废品不同于彼废品，出自官员家庭的那些来历不明、用意暧昧的过剩高档礼品，就成为二泉废品收入的重要内容。一个存在于无名送礼者、小区官员、大门保安、废品收购者、烟酒店老板之间的秘密食物链浮现出来。大泉告诫二泉，"把司局处干部扔掉的东西当垃圾弄出去再处理"，"不允许胡说八道，也不允许到处打听"，这个告诫相当于隐私垃圾处理工作守则。比起现实生活中动辄上百亿、千亿的巨贪"大老虎"来说，这点残羹冷炙实在算不得什么，但对于进城打工者来讲，这些亲眼所见的天上掉下来的馅饼，包含的城市隐秘之巨大，足够令人震惊。更何况，二泉还发现了夹杂在废品中的小雪私人照片，知道了当处长的哥哥包养情人小雪的秘密。《金融街郊路》是奥迪车主和他的小情人，到《第十九层》则升级为大桂与韩总的暧昧关系。三部小说以打工者视角介入城市深层生活的力度，层层升级。

王昕朋这个新进城叙事系列一石二鸟，一方面聚焦于进城打工者的道德问题，这是作者的视点；一方面又以打工者的眼光，来揭秘城市深层生活和权力的运作。停车收费权、楼道废物处理权、高档小区进门收废品权，这些打工者实际上已经意识到他们手中的权力，只不过是城里人看不上眼的权力罢了。这些权力的运行和更高级的权力运行联系在一起。大桂处理办公室废品权，和公司韩副总的权力联系在一起，进而又联系到公司更多的权力者：新来的裴副总、老好人张副总、马总的蒋秘书。小说《第十九层》有两处地方令人玩味：一是"新电话表里增加了公司新来的一位副总经理，让刘大桂做梦也想不到的是在最后一行写着：保洁员刘大桂"。一是"公司行政后勤会议通知她参加"。外来者成了内部人，保洁工成为公司一员，这身份转变背后透着某种历史真实。小说结尾，刘大桂通过撒泼要刁，强占了待她如姐妹的胖姐的房子，彻底完成了由乡下到城里、由弱势到强势、由好变坏的道德转变。完全丑陋不堪。而这正是城市化过程中无法回避的。

王昕朋揭示进城打工者的道德问题，实在是个冒险的尝试，或许会受到立场和情感的质疑。但我认为要全面理解王昕朋的进城叙事。在此之前，王昕朋一直站在同情打工者的立场上观察和书写这一社会群体，如《红宝马》《红夹克》《红宝石》等"红"系列小说，充满了对这一群体的关爱。因此，一年多来这个新进城叙事系列，与其说直面丑陋的问题打工者，不如说触及了城市化进程中利益重新分配的问题，显示了一位秉承现实主义创作方法的作家，与时俱进、实事求是写作伦理。同时，也表达了作者迫切希望城市中新老市民增进理解、加快文化融合、和谐相处的愿望。随着大城市接纳外来人口力度的逐渐加大，比如暂住证制度、移民子女高考制度，甚至户籍制度等方面的改革，进城打工群体的利益期待也逐步提升。打工者不仅仅要赚钱，还有更深层面的利益诉求，势必介入更深层的城市生活，利益调整问题开始浮出水面。他们为城市建设作出了贡献，理应得到相应的利益回报。我认为，这三部作品正是这一利益诉求的委婉的历史表达。正是在这一意义上，三部作品显示了进城叙事的复杂性和新的眼光。

格格不入，格格不入
——谈王昕朋的三部近作

曾攀

一

一个人远离乡土，来到陌生之地，一般来说，都会面临某种落差。寄托于这样的差异，是为了寻找新的可能性，以改变既定的命运；或者说，找到新的生机——在那里，从低处见得到高处，从近处走得到远处。

然而，意欲跳脱原来的状态，扭转乾坤，那是何其难。只是固然知道难，没想到会这么难。简爱穷苦出身，来到桑菲尔德庄园，面对罗切斯特和他的家族，同样格格不入，只有桑菲尔德付之一炬，只有从天而降的遗产护体，爱情终得以延续。然而，靠上天眷顾的幸运，有多难，不言而喻。《海上花列传》的赵朴斋、赵二宝兄妹从乡下来到上海，深陷都市的罪恶渊薮，兄为欲所困，妹为情遗恨，两人在格格不入中堕落、困顿。

可以说，每个阶层，自在格局多有差异，阶层流动，也不在少数。但是由下而上，由俭入奢，就不得不有所付出，有所牺牲。这其中，有的脱下了盔甲，有的戴上了面具，一步接着一步，迈出去了，就很难收得回来。而问题恰恰就在这里。王昕朋的小说，也正是把握住了这个关节点。

　　王昕朋发表的三部中短篇小说《金融街郊路》《第十九层》《北京上午九点钟》，我将之称为京漂一族的"新三部曲"。之所以称之为"新"，是针对作者以往的作品而言：《北京户口》里的刘文革、大胖和女儿刘京生一家，为了一张北京户口，使尽洪荒之力；《红宝石》里，来自贫困县的女孩儿冯蓓蓓在北京读书，毕业后留在物欲丛生的大城市，生存的艰辛与生活的困窘没有磨砺其精神，却软化了她的意志；《漂二代》的富商汪光军与冯援朝狼狈为奸，谎称汪天大得了"脑震荡"，为谋私利泄私愤而陷害"漂二代"肖祥和张杰。而这一次的"新三部曲"，作者的叙事更为简洁，文字更为洗练，紧紧地贴着人物和他们的生活现场写，写人的背叛、人的狡黠，写人心的罪和乱，像洋葱一层一层地剥落下来，闻得到生活的辛酸、命运的苦辣。

　　这三部小说，写的都是灰色的小人物的生活。他们迫于生计，从乡下到了城里，从一个地方到另一个地方，在城市做着不起眼的工作。在首都北京，生活水平有不同，身份地位有差距，京漂的底层一族，处境并不尽如人意，但依然勉力谋生。《金融街郊路》里大桂与小桂日复一日在金融街的停车场当管理员收停车费，《第十九层》则是作为公司保洁员的大桂平淡无奇的职场生涯，《北京上午九点钟》二泉早上九点准时出现在小区的环卫岗位上。但随着叙事的推进，面对利益的驱使，这些小人物开始纷纷往下走，走向低谷和深渊：小桂与同在金融街郊路看车的老伍合谋，为了挤走大桂，成全自己，无所不用其极；刘大桂见利起意，钻公司空子，收废旧报刊，假公济私，更令人咋舌的是，她骗取胖姐的同情，强行霸占后者的房屋，死皮赖脸拒不归还，厚颜无耻至此，简直岂有此理；大泉大献殷勤，利用与杜大爷的感情，连哄带骗，完成动迁而升级处长；而小泉则想侵占杜大爷的红木烟斗，还想攥着把柄勒索小雪，还费尽心机，将小区值钱的废旧器物收归己有。

　　王昕朋写小人物，写他们的沉沦，表面看落笔寻常，实则下意很重。漂泊异乡的人们，在小说的一转一承中，经常就这么轻易地沉了下去，不愿挣扎，没有纠结，更谈不上回过头来的反省与改良。在世俗的汪洋，沉下去，沉到底，就不容易浮起来了。然而，作者显然不忍看到这样的情形，尽管随着叙事的推进，不得不将人物置于如是的境地，无论是现实的处境还是精神的困境，都不轻易让人看得到希望；但是小说还是试图将人物打捞上来，一点一点地往岸上拉，虽然这个过程很漫长，而且前途未卜。

二

在《金融街郊路》和《第十九层》中，小说叙述得较为缓慢而略显压抑，越到最后，越让人透不过气来，面对人性的欲与恶，似乎看不到转圜的余地。但是《北京上午九点钟》要缓和得多，也复杂得多，在人性的呈现上有了曲折，小说的布局也较考究，在叙事形态上更耐人寻味。小说表面以二泉为视点，但却处处影射和侧击二泉的处长哥哥大泉；大泉一路向上爬的过程中，身后却极不干净；而被城市中人的人情人心之纷繁错乱搅得不堪其扰的二泉，沉湎于当中的悲欢爱恨不能自拔，最终，二泉深感在北京待不下也玩不转，黯然离去。事了拂身去，即便最后问上一句有没有奖金，也毫无突兀之感。在二泉身上，还是看出了小人物的自省和避让。最起码的，他懂得往后退，退到不乱心不困情之所在。

城市有城市的空间，想要实现身份的融合、想要完成阶层的跨越，有机会，一试无妨。能进，就进一步，脚踩实地，问心无愧；进不了，就退下来，退回去。断不可谋了小利，却失了心性。但是王昕朋笔下的大泉、二泉、大桂、小桂，却深陷于如是这般的泥淖之中。只有二泉这个人物的出现，提示出了新的态度。二泉开始的时候，对大泉安排去捡垃圾极为抵触，但是自打知道垃圾中有利可图，便打起了十二分的精神。在经济型社会中，这本也无可厚非。但好就好在，二泉心性未泯，在金钱与情感之间有一个沉潜于自我的周旋过程，包括对杜老头的悔恨，对小雪的凝思，以至于在后来退出时，没有丝毫的进退失据。如若城市令人心魔起伏，不如退而结网，把守灵魂。可以说，二泉的选择，将小说推到了一个很深的层次。

小说中的小人物，向往未来的世界，却始终身处阴影之中。一方面，底层缺失启蒙的机制，难以完成自我的改善和更新，却又同时被投掷于商品社会和经济逻辑之中，故而演绎了一出出的悲喜剧。生活的逼仄，让小说里的小人物，无所不用其极，大泉为了晋升瞒骗杜老爷，二泉为了生计绞尽脑汁回收废旧电器，大桂迫于现实不顾仁义鸠占鹊巢夺去胖姐房屋，小桂心气甚高不择手段损人利己。他们仿佛可恶至极，但有时也不得不令人感叹，事实上，面对现代文明和城市文化而"格格不入"，他们却都是素朴的人，素朴而实在，有时迫于生存，弯下了腰，违背了自己。照着这样的思路继续往前推，这三部小说的内在逻辑和伦理便很清楚了：对于社会底层，其本属于弱势群体，投以同情和关怀，无可厚非，也理所当然；但是，必不可少的，还在于底层自身的觉悟和提升，也就是如何完成内在的精神、智识、品德、格调的转圜，只有这样，才铸就了底层叙事更为复杂而深层的内涵；否则，一味地包容理解，对于群体的改善和主体的脱化，究竟于事无补。然而需要指出的是，在这个追问的过程中，作者所念及的，是一种批判式的关怀，那是带着温度的审视。在小说中，经济上的区隔，带来了身份上的错位，而文化上的距离，却是更深层次的格格不入。正因为格格不入，形成了人物间的冲突。而更深层次的格格不入，是自我内在的淆乱，丢了本心，乱了方寸。作者的立场在于，因身处弱势而与城市格格不入的底层民众，社会和外界固然应该为其变革出良性的生存环境，但是底层自身同样需要革自己的命，以求自我的净化和改良。

三

细细考量王昕朋的小说，其中的叙事，平缓而压抑，贴合着惯常的民间和人世，越到最后，越让人透不过气来，那么悄无声息，仿佛又是理所当然，没有义利之辨，没有沉重的时刻，不怕人性被拷问、被锤炼，甚至被放逐，怕只怕，人性的无力与轻浮。这也是小说所展开之处，所蕴蓄之处，同时也是所审慎之处。大泉的不择手段，二泉的唯利是图，大桂的撒泼无赖，小桂的市侩奸诈，小人物们灰色、阴暗，像极了契诃夫的小说。

契诃夫写小人物，三言两语，或者一个细节闪过，人物的懦弱、荒唐和可悲，显露无遗。小官吏斯特鲁奇科夫迫于上司淫威，上司侵犯自己的妻子，竟敢怒不敢言；小公务员切尔维亚科夫因几颗唾沫星子，惶惶不可终日，最后郁郁而亡。弗吉尼亚·伍尔夫在《论小说与小说家》中谈到契诃夫的小说《古雪夫》，对其中的人物感到惊奇，却也不吝赞赏其中的完美和深刻，并指出："契诃夫按照自己心目中想象的情境，多么忠实地选择了'这一点''那一点'以及其他细节，把它们综合在一起，构成了某种崭新的东西。"之所以崭新，是提出或发现了新的问题，从而扑朔迷离，或耐人寻味。王昕朋在这三篇小说中，同样发现了人的卑怯、人的焦灼、人的恐惧和悲情。但在写大泉二泉、大桂小桂、老伍、小平头等人物时，语言是潜到他们的心里去的，窥得到他们隐微的心思，也探得见他们付诸的言行。这其中，固然没有契诃夫笔下的那么卑琐不堪，而是一寸一寸照着中国的现实写，人物越小，越往低处写，就越能看得到生活的质地，看得到人心的走向。

好的小说，能把对象激活，无论手下摸到的是什么样的人、物、事，都能令其翻新、游转，仿佛自身说起话来，仿佛一切都命中注定。每一句话，都是有的放矢，每一个动作，都无可挑剔，每个事件，都势所必然。可以说，王昕朋对芸芸众生，有特别的敏锐，又有一种特别的深沉。他总也不回避人物的处境和困惑，落笔一个人物，一个人物往往就能站起来，然后朝前走，或者往后退。小说就这样慢慢地铺开来写，有胸襟，有包容，也有严苛，有指斥，盯准一个主题，细作耕耘，一格一格推进，推开了小说世界的门，里面众声喧哗，里面生机处处。

新发展理念下的生态叙事

——王昕朋小说及当代中国生态文学论略

曾攀

　　王昕朋是一位具有文化自觉的作家。他的作品向来关注生态文明，2013 年的中篇小说《消失的绿洲》，写的是黄河故道生态文明，即当代中国从 20 世纪 50 年代到新世纪前后的历史时段中改造生态环境和保护生态环境的曲折绵延。2014 年的长篇小说《花开岁月》，主要故事情节围绕的还是保护绿水青山。除此之外，小说《黄河岸边是家乡》《寸土寸金》《村长秘书》等，以及散文集《冰雪之旅》《会唱歌的沙漠》中的诸多篇幅均与生态有关。纵观王昕朋作品的生态叙事，从现实博弈、人性反思、价值审判等多个层面，回应了新发展理念下的生态伦理与国家观念。值得注意的是，其中的生态叙事及其生发的美学形态，并不只是为了概念与理念化的"生态"，而更多指向文学的话语机制与主体伦理，政治历史与社会文化之间、生态主义与人文主义之间相互参照，甚至与人本主义和商品经济彼此协商，表达的是多元精神文化形态博弈中的生态发展。

　　《寸土寸金》主要围绕北州市大龙湖的历史与现状、保护与开发展开叙事，将众多人物牵扯进生态叙事的框架之中，呈现当代中国发展中的曲折与矛盾。大龙湖从一个历经磨难的小水库变成全国二线城市的城中湖，从而变得"寸土寸金"，成为各方利益集团觊觎和争夺的所在。而最终如何开发和保护、利用大龙湖，成为了整个小说叙事的中心。可以说，小说在一种政治、经济与人心的博弈中展开关乎生态的叙述，生态是一种关系中的生态，以此形成复杂多元的争夺场域，从而将生态叙事推向深远。

《黄河岸边是家乡》讲述了黄河岸边的河套村中，李大河与李长河两代人针对是否应该开展黄河挖沙互不相让，直至上升到伦理与法治的范畴。事情的复杂性在于，真正将"生态"超越李大河、英子等人简单的生态保护，同时也超越保护与开发的二重对立的，是河套村现任村支书李长河的存在及其思考。在后者那里，河套村更应当关切的是村民的生计和发展，生态是现实中的生态，是多元决定意义上的生态，他主张挖沙，然而也意味着会破坏黄河生态。小说最后，河套村村民的苹果生意得以通过网络推销的方式解决，李大河与李长河也握手言和，黄河生态得到保护。在文本中，生态的保护与现实的困境之间，形成了犬牙交错的状态，生态不是一个超保护状态的概念，也不是高悬虚空的理念，其是在不同的结构形态中生成自身的价值观念，更重要的，"生态"的意义还绵延至事功层面，也就是说，再好的理念，也应该是创新中的协调发展，沉落于切实的人文与生活现场。其固然可以不是人本主义的，但却与人文主义相对应。因而需要在新发展理念下形成对"生态"的重新认知，这也是具备当代性意义的"生态叙事"的题中应有之义。中篇小说《冤家路宽》写的是一河之隔、同样种植银杏树的两个村，因为争"银杏王"而产生矛盾，成了"冤家"，但正是为了保护银杏产业和当地生态，最后成了"亲家"。

相较而言，《消失的绿洲》不是大团圆结局，其中的"生态叙事"贯穿着地域文化、生活情感甚至是主体意志。具体而言，作为生态标本的黄河故道园林场，"是徐州解放后的第二年创建的，十几个人捣腾了一年，平了几十座沙丘，树苗也栽了，可风沙一来，掩埋的掩埋，连根拔的连根拔，一棵也没成活。县里一位领导发了话，那茅草都不长的地方能种树？别朝沙坑里扔钱了，撤！"然后在解场长的个人意志与发展理念下，在一片贫瘠的园林场中创造出了"十里白杨大道、万亩苹果园、千亩苗圃",一举扭转了当地"生态",但最后却在商品经济时代面临新的困境。叙事者在历史的纵深处,讲述对自然生态的坚守以及在守护中的动摇和迭变,潘广播和汪光明创造了黄河故道园艺场的生态辉煌,然而随着时代的发展,潘广播心境和观念发生了转变,园艺场最终被改造为高尔夫球场,但是这其中始终伴随着各方的牵念,潘广播集黄河故道生态的创造/破坏者于一体,并于深刻的反思中收束。小说对"生态"的生成及更迭,进行了历史的观察,言及操持的变与不变,也揭示人性的转圜。"消失的绿洲"不仅指的是黄河故道的园艺场在以高尔夫球场为表征的商品经济中的沦陷,更意味着灵魂净土的蒙尘。小说以生态映衬"叙事",由是直指历史,批判人心,更触及了当下新发展理念中创新和协调发展的现实反思。经济发展与生态环境之间,历史延伸与自然和谐之间,是否可以实现新与旧、传统与当下的有机协调,这是生态叙事的困境,也是新发展理念下新的命题。

此外,王昕朋还善于在历史的维度中,显示制度化与系统性治理下的生态现况,如《会唱歌的沙漠》中,传说中宁夏鸣沙山地区风沙来袭时"万马奔腾,或者说洪峰澎湃的声音",因为沙坡头的治沙工作造就了大片绿洲而偃旗息鼓,"不仅保护了阿拉善沙漠地区的土地,改善了这里的环境,创造出了独特的沙漠生态系统,为生活在这里的人们创造了经济效益,同时,它阻止了沙漠化的进程,有效地保护了黄河不被沙漠侵吞,更为重要的是,它为人类治沙提供了丰富的经验"。可以说,在新发展理念下,催生了历史的人文的绿色生态,其中彰显了生态治理的制度化创新。散文《走出国门的男人》,描写了一群大兴安岭的汉子,为了保护大兴安岭林区生态,摒弃靠山吃山的传统意识,背井离乡,走出国门去搞开采。"中国高度重视生态环境保护,秉持绿水青山就是金山银山的重要理念,倡导人与自然和谐共生,把生态文明建设纳入国家发展总体布局,努力建设美丽中国,取得显著进步。"可以说,针对生态制度建设以及国家发展战略,王昕朋小说形成了特有的话语机制与美学认同;更重要的，新发展理念内化成了人物主体的言行选择与价值判断。这就不难理解小说《寸土寸金》的内在逻辑，也即人的贪欲和荒诞再膨胀，背后总有一种力量将其拉回来，还原，重塑，形成政治的与法制的、美学的与伦理的叙事结构。也得以了解《黄河岸边是家乡》中父子两代人最后毫无扞格的和解，《消失的绿洲》中潘广播在出让黄河园林场之后自然而然地生成的懊悔反思，《花开岁月》中即便历史变革也始终不忘秉持的绿色发展与生态观念。

不得不说，"生态"是一个繁复多元的存在，其与政治经济、科技人文、思想观念是密不可分的，相互之间构成螺旋式的发展，同时彼此融合或制约。当代中国的生态叙事，是生态，更是叙事，需要在小说话语思维与美学框架中呈现生态的现状与可能，而不是相反。因而，叙事文学中的叙事话语、结构美学、文化伦理，对于"生态"的表述是至关重要的。生态叙事的中心可以是自然和环境，但终点和宗旨却未必以"生态"收束，其更重要的是背后的人心、人性与人文，生态美学与精神伦理是一体两面的，生态既是自然层面的生态，也是精神与主体的生态，以此形塑更为多重的意义和更为复杂的维度。而且，新发展理念下的生态叙事，同时也并不意味着先入为主的单一主题，并非必然占主导性的绝对主旨，生态与其他主题是并存的，其可以是次要的但却是必要的，甚至成为其他主题的辅助而不丧失自身的独立意义，又或者生态理念仅仅是背景式存在与伦理性倾向，关键在于意义的协调与发展的创新。唯其如此，才能真正将生态叙事推向多元和多样，真正含纳新发展理念中不同层次的丰富性，并由此创造更多新的可能。

可以说，以徐刚为代表的实证式的报告文学，以阿来为代表的传统与当代历史参照下的自然境况及人心守持，以及以韩少功为代表的充满人间味和烟火气的土地情结等，代表了当代中国生态书写的多重镜像。王昕朋则更为注重社会政治结构中的生态境遇，在历史流动与人心流变中糅入自然的处境，述写不同层次的精神褶皱，形成了当代中国生态叙事谱系中的重要一环。除此之外，何建明的《那山，那水》、姜戎的《狼图腾》、杨志军的《藏獒》、郭保林的《大江魂》、哲夫的《水土中国》等，提示着当代中国的生态叙事在关系形态与多元维度中所得到的深化发展，这其中所凸显出来的新发展理念，寄寓于技术创新、观念创生以至文体创造之中，强调生态与美学、自然与叙事之间的融合协调，其内在秉持的"绿色"理念，以及在开放中共享的包罗万象的文化精神及精神旨归，构成了新发展理念的文化与文学之维，同时创造出了当代中国文学新的话语生态。

四、创作谈

感情是现实主义创作的重要元素

有人问我，你在国家机关工作，怎么会熟悉《漂二代》中这些人物和故事？

我的回答只有两个字：感情。我们常说，文学来自生活，是生活的反映或表现，在我看来，它更是作家感情的反映和体现。

四年前一个周末的傍晚，朋友带北京某大学一位女生来找我。那位女生泣诉说，她的男朋友、另一所名牌大学学生在城郊接合部一饭店吃饭时，因为一件小事与当地一男子发生争执。当地男子听她男朋友是外地口音，一句一个"外来的野种"，边骂边动手。她男朋友个子瘦小，那个本地男子高大魁伟占着上风，而且刚刚动手就被人拉开，相互之间没有造成伤害。但两周后，她男朋友却因伤害被刑拘……这个情况与《漂二代》中"假伤门"的情节几乎相近。这件事引起了我的思考，很长一段时间让我感到痛苦与不安。中国作家协会组织作家定向深入生活时，我报名到北京某区深入生活，到农民工聚集地区深入生活，用感情去体验他们的喜怒哀乐。《漂二代》这部长篇，是我一段时间以来观察和思考的文本呈现。对"漂二代"的聚焦，并不是简单地为这一群体贴标签，而是要提示身处于此一社会境况之下，他们的存在是无法回避的，也是不应忽略的；而且在写作过程中，我所着意侧重的是他们各自的个性乃至主体性，想写出他们身上的温情与爱意、恨仇与苦痛、困惑与迷惘。

在我看来，现实感在小说写作中是必不可少的元素，所谓现实感代表的并不单单是对传统写实主义的倚重，以编年史、地方志和人物志的方式，对社会生活做出镜像般的映照和摹写。我所理解的"现实感"，其中所包含的意思，既有对生活实感和命运遭际的书写，又不乏对内心世界和精神体验的叙述。须知任何形式的现实主义，表面上看是关注外部世界现实状况的书写倾向，实际上，感情的介入往往同时掺杂其间，也唯其如此，才能避免对小说写作的简单化理解，才能还原事物本身的丰富性和立体感。

对类型生活的特定关注是我持续不断甚或有时是逐渐升温的写作尝试，尤其对底层人群的生活样态倾注了大部分的精力和笔力，这也许与我关注各种生存状态中的平民意识，以及在这个过程中不断流露的平民感情息息相关。如此这般的感触和思考，构成了某种难以名状的情结，一直萦绕在我的心中，挥之不去。

在《漂二代》的写作过程中，我竭力保持自己的平民立场，倾注自己的感情，通过背负着沉重的身份危机与现实困境的"异乡人"与形态各异的"北京人"之间的交往互动来推动小说情节的发展：宋肖新与律师男友冯功铭的交往、肖辉委曲求全娶了并不适合自己的北京女人、张杰与富二代汪天大的冲突、李豫生与汪光军和冯援朝的苟且、汪光军和高律师对肖祥的陷构、区委书记的慰问与李京生的执拗等等。在坚守底层立场和平民意识时，我努力保持理性审视的力量，以求使之从一种普通的情感，上升到心理层面的映射，甚至精神层面的反思。

再说"漂二代"。面对一代代人矢志不移的城市情结，我们是不是应该回过头来作出反思：以"漂二代"为代表的群体，是否对"北京户口"及其背后所代表的趋新斥旧思想过于执念？我意不在否认他们追求人生的努力，需要提出警醒的是，在盲目而迫切的追逐过程中，很多人失去了本不该过分丧失的简单的快乐和健康的人生。说到底，我们的教育、我们的社会，还是缺乏一种多样化的价值选择，仿佛一切都以高、大、新、富、快为衡量标准。

在这样的风气和氛围中，泯灭了严谨、理性和从容的姿态，失落了天地，更消隐了情怀。"可是，她（指宋肖新）并不想打开老屋的门锁，就是想，她也根本没有钥匙，或者老屋根本就不需要钥匙。"这成为了一个重要的隐喻，家乡早已面目全非，再难回归，而都市欲望与生存危机却如梦魇般如影随形。身份的无依感与断根的漂泊感充溢着"漂二代"的生活，即便是像韩土改那样的暴发户，用足够的金钱将女儿韩可可买进高学费的贵族学校，依然免不了其被视为"土妞、下里巴人"。作为一种在阶层/政治规约下的经济/生活共同体的"漂二代"，留给他们的，已经不仅仅是制度和社会问题，更是引发了深层次的内心选择和价值取向的精神危机。因而我认为，所谓底层立场和平民意识，其本身也是立体而丰富的，不能简单地归之于某种显而易见的倾向性。所以在《漂二代》的写作中，我试图将人物和事件本身所应面对的期许与反思、想望与审视统统呈现出来。

围绕着"漂二代"的代表人物肖祥的陷害与营救，是我在小说中着墨最多的部分，而在北漂们与僵化体制与传统壁垒的斗争中，人性的善与恶、真与伪、仇与爱、痛与快彰显无余，这是我在小说中试图追索的叙事效果。然而，我更深的意图还在于，从某种意义而言，很多人在对肖祥施以援手的同时，其实也是在"营救"自己——通过不断地回溯确认个人的角色定位，从主体认知的角度出发，以满腔之热血，在逼仄的现实中挣出生存的空间和人生之尊严，以此消除内心之愤懑，纾解己身心之焦虑。与其说这是迫于无奈的反抗压迫之举，毋宁说是借对他者的态度和姿态，完成对自我的一种救赎。因而我所关注的底层生活，以及我所持有的平民立场，与其说是在聚焦、关注甚至试图提出问题并最终施以解决，不如理解为我对自身精神焦虑的缓解，是我在生存的平民意识和平民感情的情结摆脱不掉时，援笔而就的价值投向和精神牵引。这种他者与自我的相互辩证乃至彼此驳难，也成为我小说叙事的底层立场和平民意识的重要面向。

"漂二代"：站直了 别趴下

据我了解和观察，现实生活中，在大城市"漂泊一族"的下一代包含着比较复杂的成分与状况，其中包括那些"北漂""南漂"（即那些从大城市高校毕业后，没有去所分配的外地而在北方或南方大城市找到工作，或是从外地高校毕业后，离开最初的工作单位而前来北方或南方大城市寻得岗位）的二代。

但是，"漂二代"中在人数上构成主流的，无疑还是那些跟随父辈由农村来到北京等大城市打工、创业或生活，却依旧脱不掉农民身份的青少年男女们——他们是名副其实的"漂二代"。由于他们与城市中同龄人的出生环境、成长环境，家庭背景、社会背景，思想认同、文化认同有较大差异，因而精神上、心理上也存在较大差异。这个都市中漂泊的群体，是城市快速发展、现代化进程中形成的特殊群体。同时，也是全面建成小康社会不得不高度关注和解决的问题。

2008 年，我参加国务院研究室《和谐社区建设》课题研究，先后到北京、上海、广东、河南等地走访了几十个社区。社区工作人员毫不例外地提到了社区中的"漂二代"问题，表达了对这个群体的热切关注和关心。这引起了我的思考和关注。作为一个作家，切近时代、关注人生是一种责任。此后，我非常注意这个群体。在一些洗车铺、饭店、理发店，甚至在马路上、车站乞讨的人中，时常可见这些孩子的身影。我曾经多个晚上在北京北沙滩的马路边上和那些孩子一起喝着啤酒聊天，也曾经在洗车时和他们交流。我的中篇小说《北京户口》《红夹克》《红宝马》中的人物原型就来自于他们。中国作家协会组织作家定向深入生活，半年中，我在北京多个城乡接合部、农民工聚集的地方体验生活，接触了一些"漂二代"，用感情去体验他们的喜怒哀乐，最后完成了长篇小说《漂二代》的创作。

我认为，"漂二代"目前的生存境遇主要表现在以下几个方面：

1. 生存境遇略显复杂

身份尴尬。城市需要发展，迫切需要大量的劳动力与消费人口。但是当外来人口要求享有同等待遇时，却时常遭遇到城市的拒绝。这一现象的存在已经很长时间了，就像我的小说《漂二代》中的人物，他们的父母在他们出生前已经来到北京务工，所以他们中有相当一部分人在北京出生，也有一部分是很小的时候就跟着父母来到北京。但是由于户口不能落在城市，他们在城市的身份问题一直没有得到解决，和父辈一样，是农村户籍，但人不在农村，离土不离户；人在城市，却不是城市人，在城不属城，是一群"漂着的人"。

文化程度相对较低。首先，从受教育程度来谈，近年来，国家就"漂二代"子女在城市接受教育的问题做了很多工作，义务教育问题基本得以解决，但由于户籍不在属地城市，"漂二代"们必须回原籍参加中、高考。属地城市与原籍教材内容、教育质量往往存在差异，很多孩子以落榜收尾。不愿回原籍参加高考的，要么就此断了学业，要么在城市找个专科学校再读几年。有的孩子回老家勉强读完高中，又回城市来找父母，就业解决不了就当起了"啃老族"。其次，他们的文化生活贫困。受户籍、政府管理成本、社区资源等条件限制，加上他们自身缺少认同感，很难融入社区各种文化生活中去。据有关部门统计，"漂二代"在社区各种活动中参与率远远低于城市同龄人。有的对社区一无所知。

继续教育机会较少，就业相对困难。属地社区在就业培训、技术培训、岗位培训方面不太能满足他们的需要，使他们的文化素质难以提升，这也导致"漂二代"们往往从事一些技术含量低、工资少的工作。一些城市在招工招聘中不公平，明确要求本市户籍，尤其是那些工作相对稳定、收入高的行业如银行、国有大中型企业，户籍更是一道难以逾越的门槛。

社会保障缺失。目前，大多数城市的一代农民工尚未进入城市社会保障序列，"漂二代"更是望洋兴叹。在参与社区调研时，我曾在某城市社区告示牌上看到，在社区无业低保人员的登记要求中，明确规定户籍必须在本辖区。医疗卫生保障也是"漂二代"的痛，大多数从事自由职业或没有职业的"漂二代"没有医疗卫生保障。其他的各种伤害保障，比如工伤、交通事故等也都没有着落。如果碰到意外伤害后的赔偿无法落实，家中又无力承担，"漂二代"们就会背上沉重的债务。

不稳定的婚姻状况。"漂二代"的群体中不仅有农民工，还有年轻外地大学生的后代。他们并不是农民工，不存在社会歧视问题。但是，他们跟父辈一样处于夹心阶层，租得起房却买不起房，除此之外，这一群体还将面临一个新问题，即不稳定的婚姻状况。现实的压力会使他们的婚姻变得更加艰难，还出现了大量的大龄单身男女。

2. 人生诉求不同于父辈

我在深入生活和调研时了解到，对于漂泊在城市中占大多数的农民工群体来说，"漂二代"与其"漂一代"的父辈是两个迥异的群体。他们中大多数人从未在真实的农村生活过，农村对于他们是抽象的，但城市对于他们这些行走在外围和边缘的人来说也是模糊不清的。他们对城市的感情、欲望与行动呈现出一些与"漂一代"截然不同的特点，主要表现为以下几个方面：

对归宿点的认同与父辈不同。"漂二代"在城市生活多年，基本适应了城市的生活节奏、生活方式和生存状态，与父辈挣了钱回家、将原籍农村作为自己的归宿相比，他们普遍怀有彻底融入城市的愿望，很多人坚持"打死也不回农村"。

受教育程度与父辈不同。一项调查显示，在十六岁到二十五岁的"漂二代"中，初中及初中以上文化程度的占到了85%以上，相当多是在城市属地学校读完的，而且不少人为了改变自己的生存条件和命运，具有强烈的学习意识。

价值观念和取向与父辈不同。父辈们常常以贫困的家乡各种资源条件与属地城市比较，"漂二代"则以城市同龄人享有的各种优越资源条件进行比较，因此，其主流价值观念和取向与父辈截然不同。父辈们有了些现金收入，能改变一下农村老家的居住条件、生活条件就容易"满足"，而他们却会因收入低而在城市买不起车、买不起房（有的收入高也因没有城市户口买不了）而产生"不满"。

对职业的期望与父辈不同。父辈们通常只关注找工作或者收入情况，"漂二代"在择业时则既重视职业特点，又关心工作收入和工作环境，大多数不愿做超负荷和环境差的体力劳动。我在走访时，有的街道社区干部反映，"漂二代"在就业时表现得"比较挑剔"，跳槽现象比较突出。有的一年换几个单位。同时，他们的市场意识较强，相当多的人已经成为"自由职业者"。

对生活的追求与父辈不同。"漂二代"习惯于城市的繁华和快节奏的生活方式，追求较高的生活质量。调查显示，80后是一代消费较高的群体，"漂二代"也在其中。他们的婚育观与父辈完全不同。父辈身上一些让城里人讨厌的不良行为，如随地吐痰、乱扔垃圾等，在他们这里也逐渐消失。

3. 改进现实的几点思考

需要指出的是，除了被称为"漂二代"的农民工二代外，还有从农村或外地其他城市考入北京各类院校、毕业后留在北京等大都市就业，但户口没有解决，被社会上称为"北漂""南漂"的群体，这个群体也在逐渐庞大。他们与那些农民工二代相比，学历较高，对职业、收入、工作环境、生活条件的要求更高，政治民主意识、参与意识、维权意识也更强烈。这个群体中有一部分已经事业有成，在城市有企业、有房、有车，但户籍仍然影响着他们的城市身份，让他们仍然为"漂"的生活状态而焦虑、困惑、不安、不满。随着时间的推移，每年都有一批或者说一大批人加入这个群体。因此，我认为解决他们在城市的生存和发展问题刻不容缓。让他们与城市同龄人一样公平就业、自主择业，将有利于从根本上改变城乡二元结构，促进城乡统筹发展和社会和谐。以下几点建议也许值得参考：

建立相关管理机构，统筹解决"南漂""北漂"长期稳定问题。当然，这不是一朝一夕的事情，必须有一个长远的规划。在我国人口流动日益频繁的情况下，各地区各大城市尽管探索出了不同的流动人口管理办法，但大多带有明显的地域性，或者说带有短期性，有很多问题不是一个地区、一个城市的制度、财力能够解决的。"漂"可以理解为漂移，几亿人在漂移，国家有必要建立一个相关机构，统一制定发展规划，统筹解决问题。

营造良好环境，增加他们的文化认同感。我们常把文化比作"根"，从某种程度上说明了文化认同的重要性。"漂二代"作为一个群体，同时连接着乡村与都市两种生活、农业与工业两种文明。社区、企业应该把加强文化认同作为一项重要职责，千方百计引导他们加快从以自然经济为基础、以血缘地缘为纽带的农业文化认同，向以新型生产方式为基础、以新型交往方式为纽带的现代文化认同转变，鼓励和促进他们努力提升自己的文化修养，努力融入城市的文化氛围中去。

采取切实可行措施，解决"漂二代"面临的主要困难。"漂二代"目前面临的主要困难体现在教育、就业、社保和居住条件四个方面。教育方面，在教材没实现全国统一的情况下，应推动实行在属地学校参加中、高考。就业方面，首先要把他们纳入就业登记、培训行列，在招工、招聘等问题上统一政策，做到公平就业。社会保障方面，首先把他们中无职业人员纳入城市低保；其次是对他们中的大病、伤害等在认证的基础上，妥善解决。居住方面，在目前条件尚不具备的情况下，给予他们可以同城市居民一样享受廉租房的待遇，同时，各地应加快研究建设新市民社区的政策。

摒弃沉重的现实枷锁，确立正确的人生目标。随着时间推移，"漂二代"中相当一部分人已经进入谈婚论嫁的年龄。父母在城市打工多年，有的患上了严重的疾病，治病和养老的沉重负担也将落在他们肩头。每一个"漂二代"都是不认命的，他们都在以自己的方式奋斗着、抗争着、挣扎着，他们不屈不挠的抗争所改变的，将不只是个人的命运，也是社会的不公平之处。

反思城市情结。面对一代代人形形色色的城市情结，"漂二代"也应当适当地做出反思，许多人是不是正在进行着一种盲目而迫切的追逐？大多数"漂二代"的基本生活状况只在自我励志中略有改善，而加诸在他们身上的现实窘迫依然得不到很好的解决，这会使他们失去本不该丧失的简单的快乐和健康的人生。年轻人的未来，应该是一种多样化的价值选择，应该追求多元化的生存和生活方式，切莫被一时的压力给压趴下了。

痛苦与不安

——《漂二代》创作谈

四年前一个周末的傍晚，朋友带北京某大学一位女生来找我。那位女生泣诉说，她的男朋友、另一所名牌大学学生在城郊接合部一饭店吃饭时，因为一件小事与当地一男子发生争执。当地男子听她男朋友是外地口音，一句一个"外来的野种"骂着并且首先动手。她男朋友个子瘦小，那个本地男子高大魁伟占着上风，而且刚刚动手就被人拉开，相互之间没有造成伤害。但两周后，她男朋友却因伤害被刑拘……这个情况与《漂二代》中"假伤门"的情节几乎相近。

这件事引起了我的思考，很长一段时间，"外来的野种"这句话不时在我耳边响起，让我感到痛苦与不安。中国作家协会组织作家定向深入生活时，我报名到北京某区深入生活，多次深入农民工聚集地区，因而，《漂二代》这部长篇，是我一段时间以来观察和思考的文本呈现。对"漂二代"的聚焦，并不是简单地为这一群体贴标签，而是要提示身处此一社会境况之下，对于他们的存在是无法回避的，也是不应忽略的；而且在写作过程中，我所着意侧重的，在于他们各自的个性乃至主体性，写出他们身上的温情与爱意、恨仇与苦痛、困惑与迷惘。具体来说，写这个小说的时候，我没有将人物的内在直接呈现于纸面，而是通过言/行以及彼此之间的交互，使其的仇恨痛爱以及由此而滋生的隐痛密布其间：宋肖新为了解决弟弟的户口问题，与其貌不扬且矮她一截的冯功铭相处；李豫生为了满足己身之物欲，与汪光军、冯老板等人苟且；而肖辉则为了解决北京户口留京工作，找了个并不相爱也大他几岁的女人结婚；张杰为了营救肖祥，忍辱负重使尽浑身解数……研磨出如此这般浓郁而又渗着悲哀的泼墨，溶于纸上，使其慢慢氤氲开，这就是我在小说中有意铺设的一种灰色荒芜而又不沉溺于绝望的调子。

在此之前，我曾经写过一个中篇《北京户口》，虽然写的是"漂二代"的教育公平等问题，但实际上是借此讨论北漂第一代的酸楚和隐忍，并没有直接聚焦"漂二代"的精神世界。这一次在形式把握方面，我拎起来的仍然是关键的线头——北京户口，以此将林林总总的人/事都牵扯出来。在叙事时，有意识地将小说发展的逻辑进程缩减，其实文本世界中只经历了十天的时间，但是各色人等逐一登场，来回穿梭。而小说的主线就集中在"漂二代"们如肖祥、张杰、宋肖新等人与官商们如汪光军、冯援朝乃至高律师之间的撕扯和纠葛。后者的骄横霸道体现出来的毫无节制的权力玩弄，所代表的是权力的傲慢，这却也使得前者"以卵击石"的抗争更显得弥足珍贵而富于启示。不仅如此，在"富二代""官二代"乃至于"文二代""演二代"等社会阶层分化所带来的对资源与权力的攫取这样的大背景下，隐藏于以"漂二代"为代表的社会次层/底层的生存困境、教育歧视、拜金主义等都市病症，以及由此带来的现实无边的残酷，每每令生存的困惑扑面而来，使人难以招架。但尽管身陷现实生活之牢笼，还是在"漂二代"之间的亲情、友情乃至爱情中，仍可照见许多温情的亮光，我在这里想表达的是，黑暗中的微弱光芒，理应将人生衬托起来，最起码的，这是现实的底色，无论与之对照的暗色如何浓重，也是不应被吞噬和抹除的，否则，沉重的肉身/灵魂将无法自处。

在小说中我还有意引入了网络的维度。尤其是李京生利用网络为肖祥鸣不平并且揭露汪光军等人的为非作歹时，在小说末尾另起一个高潮，网络舆论的力量也使得案件的形势急转直下。可以说，新的传播媒介不仅对事件进程产生重要影响，而且促使个人/群体乃至社会层面产生或隐或显的改变，更重要的还在于对人物主体的生活/生存样态、思维程式、精神向度甚至行为方式都会施以直接的影响。这在呈现当代社会生活的小说中显然是不容忽视的重要面向。

此外，"漂二代"包括北漂一族所寄寓的空间是十八里香，那是一块"杂乱但热热乎乎的地界"。这是我在文本中营造的一个生存界域。彼处不仅是"漂二代"们活跃于斯的生活场地，更重要的，这里还可以生产出人物性格和心理，甚至一定程度上还左右了人物的命运，土地既是国人的情结，也是症结。譬如，一个外人看来已是藏污纳垢之地，甚至连出身其间的李豫生也认为其"名声不好"而不敢张扬自己出身于彼处。尽管十八里香充斥着污秽、混乱、猜忌、争斗，但也不乏温情脉脉的友爱与亲情，只不过这些要么被嘈杂的噪音遮蔽和压抑至喑哑，要么则被涂改了其本来的原色。

实际上，围绕着肖祥的被陷害以及被营救，是我在小说中着墨最多的部分，在这个过程所表现的漂一代/二代与强权的斗智斗勇中，人性的善与恶、真与伪、仇与爱、痛与快于焉显现。在某种意义上而言，很多人在对肖祥施以援手的同时，其实也是在"营救"自己，通过不断地回溯确认个人的角色定位，从主体认知的角度出发，以满腔之热血，在逼仄的现实中挣出生存的空间和人生之尊严，以此消除内心之愤懑，纾解己身之焦虑，与其说这是迫于无奈的压迫—反抗，毋宁说是对他者/自我的一种救赎。

我的故事并不是虚构

——《并非游戏》创作谈

　　十年前的一天，我到一个熟悉的村子调研，村支部书记不无忧虑地告诉我，村集体的煤矿改制了。他说，村民共同出资建的煤矿，一夜之间成为我们几个村干部等少数人的资产，我，我，我做梦都听见乡亲指着脊梁骨骂啊！可是，不改又不行，上边规定了时间，完不成改制任务的要"换人"……说这些话时，他忧郁的神情，他眼中的泪光，以及他两只不安地来回搓揉的手，让我体会到了一个农村老支书真切的心情。在这里，我不想对那种"一窝蜂"的改制妄加评论，只是想告诉读者，我的故事并不是虚构来的。在农村经济体制改革过程中，的确存在着这样或那样不合理甚至不合法的现象，作家的责任是以平实的视角切入现实，将社会生活中的存在，真实而又坦荡地捧给读者，让读者为之思考，给予判断。这里说的真实，在文学作品中出现，并不一定就是真人真事，更不是以新闻报道、编年史、地方志和人物志的方式对社会生活做出镜像般的映照和摹写，而是既有对生活实感和命运遭际的书写，又不乏对内心世界和精神体验的叙述。《并非游戏》表面上看涉及的是关注外部世界现实状况的书写倾向，实际上，我对社会生活的责任和感情的介入掺杂其间。比如那位冠冕堂皇地打着改制的旗号，实际上想从中捞一把的县长、马平安的干闺女等，读者就可以很容易找到现实生活中的真人。至于那位为了保住村里的集体财产，抵制在改制中伸手要干股的领导和亲朋好友，演绎了一场活人出殡的游戏的马沟村支书马平安，虽然诈死的情节有些荒唐，但是其内涵则蕴藏着生活的真相。为了抵制一些不合理的行为、一些不切实际的错误的行政命令而装疯装病的基层干部，我的确遇到过。而怀着一颗惴惴不安的心活着，真的像人们平时常说的那样"比死更难受"。

随着经济体制改革的不断深入，我们的社会结构、利益格局都发生了深刻而又重大的调整和变化，作为生活在这一时期的作家，无论是出于创作的需要还是对自身生存的社会生态、生活环境的关心，都不能回避调整和变化中的种种问题。这也就是说，作家必须自觉地承担起社会责任。我个人的体会：一个没有社会责任感的作家，感情相对是麻木的；而没有感情的作品，必然没有长久的生命力。这几年，对类型生活的特定关注是我持续不断甚或有时是逐渐升温的写作尝试，尤其是对底层人群的生活样态的聚焦，更是倾注了大部分的精力和笔力，这也许与我的关注各种生存状态中的平民意识，以及在这个过程中不断流露的平民感情息息相关。

感谢《特区文学》发表我的中篇小说《并非游戏》；感谢《中篇小说选刊》编辑部选载了这篇作品，让它能够更为广泛地流传给更多的读者。

陌上

——《冤家路宽》创作谈

　　我们需要更多的和解和宽容。这是当代中国的一个不得不直面的话题。然而，这个关乎社会学与伦理学问题，我把它放在美学的框架内加以考察。

　　《冤家路宽》写了大陈家村与二陈家村两个毗邻村落之间的恩怨情仇，通过叙事解构乡土世界中的人、物、事，将其中最饶有兴味的历史、经济、情感等元素召唤至一处，观察人情的纠缠与人性的纠葛。小说最后，两个历来剑拔弩张的陈家村平息了纷争，且重归于好。与此相映衬，我设置了两棵老银杏树，它们因他们的和解而触动，"因为树是有生命的，树是有感情的。树和人一样，没有不生病的树，但也没有治不好的病！"人与树，苛责与宽容，纷争与和解，在一方乡土，是有天人合一的意味的，也代表着那里的人们的处世哲学。我在小说里想表达的是，冤家宜解不宜结，而之所以将小说命名为《冤家路宽》，就是希望通过人物的交互和叙事的推进，重新思考人与人之间的相处方式。

　　就叙事而言，小说叙事固然需要凸显矛盾，但在我看来，冲突不是最终目的，关键在于通过人物个体与群体内部的交往伦理，切入人的内心世界，也重整人的内在精神。我的小说通过陈亮亮、何东东、陈明明、陈甜甜、林晓、陈晨、何文革等人物，聚焦的是乡土中国的人世纷争与和解，那里有最广大的群众，也是最典型的中国。

不得不说，在当代中国，生活压力大，精神负担重，加之情感的扭曲，便时而导致社会戾气抬头，这固然是一种症结，但我认为，对此同样可以疗救乃至治愈，关键在于采取怎样的方式方法。我深知这并非易事，因此采取了一种必要的曲折，深入乡土的腹地，并且将不同身份、地位和性别的人们包罗其间，试图重新检视乡土世界中的人情与人伦，并通过其中的妥协与息争、误会与和解，凸显从"冤家路窄"到"冤家路宽"的伦理与价值选择，事实上当中意味着人心的转圜。不仅如此，这还喻示着某种深层的精神的闭合与重启的过程，此中不仅关乎个人的选择，而且也是整体的社会氛围与风气的营造。

不仅如此，在我的这个小说中，表面看是人际的和解，但实际代表着自我的再思。我通过一种虚构性的叙事，意图表现出不同利益与情绪之间的复杂纠葛，这是小说叙事结构中的纽结点，同时也是故事讲述的原动力。然而我想进一步提出的是，在讲故事的过程中，和解与宽容并不意味着会消除彼此之间的差异，相反，这是叙事主体在同时审视他人与自我，由是而产生更突出的内在灵魂，而这才是真正的差异性与个性化的表达。我也一直以为，如果想要推动中国社会总体性的变化，逐步走向宽容、文明与和谐，无疑需要好的文学进行价值伦理层面的引导。这是文学的意义，亦是文学的责任。

认同的曲折与坦途

——《红旗飘飘过大江》创作谈

　　中国 20 世纪以来的革命历史可谓混沌而繁杂，小说要从中廓清写作的思路，理出一条明晰的叙事脉络，我始终认为并非易事。怀着这样的困惑，也清楚如是之难度，我开始构思我的中篇小说《红旗飘飘过大江》。

　　从当下史观看来，中国共产党无疑是 20 世纪以降当仁不让的政治、军事和文化主角。然而这个结论并非不言自明的，更不是一蹴而就的，我在小说中截取的断面，便是中国共产党在革命战争历史中的自我认同与他者认同的过程。这样的认同始于曲径，终于坦途，表面上看似乎有着历史后见之明的理所当然，但是其中的关系和情感的复杂多面，是我在小说中最重要的关注点。

　　在这个中篇中，我设定的矛盾核心在于国共战争中如何对待国民党战俘这个问题。如是之线索，可以牵一发而动全身，一方面可以铺叙战争情势下的人情与人性，另一方面拎起来则可极好地收束整个小说，隐现潜在的历史意图与革命伦理。

　　围绕着战俘，我设置了一位临危受命的革命女性桃花，在她的身后，是中国共产党的领导刘政委。一面是国民党俘虏，一面是坚定不移的共产党阵营，前者谋划逃生，后者要策反前者顺利过江统一全国。表面上看两个阵营的立场和目的一目了然，然而我一方面突出了革命女性群体的内部涌动，也就是桃花、枣花、杏花等女性形象，她们虽然对党和革命忠心耿耿，但是她们携带着自身的身世和身份，彼此性情不同，对革命的理解不同，对战俘的态度不同，当她们面对仇深似海的国民党战俘时，内心的波动是难以平复的，各自的认知与处理情况也大相径庭。另一方面，战俘群体的内部也各有差异，张超是一个有文化的军官，内心的余裕更为宽阔，最终被翻转和策反；他身边的张小五身受重伤，在被俘期间被共产党施恩救助；而同样是战俘的"驴踢的"等人，则一直意图兴风作浪，逃出生天。

那么，在这种情况下，怎么解开他们之间纠缠牵连在一起的结呢？答案在群众。尤其以张小五的父亲为典型，群众被误导到最终的被澄清和被团结，情感的联结展现出了极大的牵引力，由此还进一步俘获国民党战俘的内心——张超心悦诚服地化入了共产党的阵营，和桃花一起过江，到他的舅舅面前说服其起义归降，实现了最终的胜利。

细细想来，我在创作这篇小说时，试图设置的曲折主要来自三个层面，其一是国民党战俘，其二是曾经在国民党统治下的群众，其三则是来自中国共产党组织的内部。由于情感的移变与认同的转化，小说的结构和情节也在这个过程中几经反转。

不得不说，中国共产党之所以有如此大的群众基础，并非一日之功，而是其来有自的。我在小说《红旗飘飘过大江》中试图讲述的，便是一个政党如何得到最广泛的认同，实现最深切的政治共情。这样的共情不是一朝一夕的，路遥知马力，日久见人心，认知的障碍导致了认同的曲折，然而历史的尘埃始终无法掩盖真正的胜利者。中国共产党的发展壮大，尤其是其一直以来的群众为上与清正廉洁，使其立于不败之地，不仅将自己冶炼成一颗光芒夺目的金子，而且还成为了一面镜子，照见了历史的褶皱和暗处，也见证了自身的光明和伟岸。

回过头来说，中国共产党走过了如此曲折却又如此伟大的道路，障碍之后是坦途，曲折过后是通达，值得我们为之自豪，更值得我们倍加珍惜。最为重要的，我们还需要继往开来，"红旗飘飘过大江"，当下，我们也要高擎猎猎飘扬的五星红旗，走过波澜壮阔的新时代。

无须唤醒的自觉

——《寸土寸金》创作谈

 我们生活在时间与经济的快速演进中，世间的一切物象存在都是十分珍贵的，尤其是支撑人类存在的自然资源，正在越来越广泛地被开发使用着。《寸土寸金》所要记述的正是这一存在于我们生活里的现实。文学作品的价值，在于对生活的发现和感悟，描绘对生命或生活的美好憧憬，在这个过程里，写作者不断地探寻人群、社会、自然等存在的本真性。

 《寸土寸金》这部作品所表现的故事，是我们生活里的真实存在。一个地方性的开发，本就有着保护自然资源、造福一方乡里的目的。可是事实却往往引发畸形的社会现象。生活像张宽厚的大网，覆盖着每一个社会人，而几乎所有的个体，都在这大网上表演，因为大家都在经济的发展中看到了自己的希望。无论是个体、组织，还是政府，都从中看到了甜蜜的奶油，都希望在这块巨大的"蛋糕"上沾一沾属于自己的利益。有为一己私利奔走呼喊的人；有为公司业绩横牵竖连不择手段的老板；有为工作成绩敷衍了事的官员；当然也有为保护自然资源、造福大众，坚守着长远发展目标的领导。在我看来，"寸土"是杆秤，"寸金"是秤星。如果大张旗鼓地开发房地产项目，民众的生活和生存空间必将被极大挤压，周遭的环境也势必遭受破坏。而构建人与自然和谐的城市结构和布局，满足人民群众对清新空气、优美环境的需求，不仅是一种历史意识、政治观念，同时也是新时代的社会风尚、时代热点。"绿水青山就是金山银山"的新发展理念内置于文本之中，则坐实了小说的主旨传达和精神内蕴。

呼唤理智之人，呼唤良知的长存，呼唤美好的未来，成为作家关注，或者说文学作品关注的必须。

文学作品怎样表达这样的主题，实在是作家应该思考的问题。我们应该秉持的创作根基，是为描绘民众生活、张扬民族文化而生，这是一种最原始的责任，存在于作家创作时自我的自觉之中。要做到这一点，非常不容易。因为要写出这样的文学作品，必须是用心灵去体味感知人群的所想所盼是什么，以此体现出写作者内心的感情和对大众存在的理想模式。

文学创作，从来都不是轻松的工作，而且非常寂寞，必须融入写作者的全部心血，甚至要将自己的灵魂与社会融在一起，自觉自愿地去寻找社会里最真实、最需要作家表达的现实，把对现实的关注，对生活的理解，对未来的希望，用文学的方式，展现给读者。对于文学而言，几乎所有透过书写得以彰显的洞见，都伴随着相对的或隐或显的立场，意味着深刻的有着内在逻辑的自觉。而自觉往往左右着作家的判断力与决断力，在文体题材、形式修辞与叙事语言等层面，抗拒妥协与调和，保持自身的精神强度，树立新异的文本风格，从而形成一定的艺术自觉，最终透射出文学的辨识力。这是我努力追求的高度。

声音

——我的文学观

　　我认为，文字有声音，文学也有声音，哭的声音，笑的声音，愤怒的声音，呐喊的声音……当读者读完一部作品，闭目思考抑或仔细品味时，有一种声音在心灵中回荡，从一定意义上说，这部作品就成功了，或者说打动读者、感动读者了。记得小学三年级的寒假，我回皖北老家看爷爷奶奶，几位不识字的村民用烤红薯诱惑我读《三国演义》给他们听。书中有些陌生的"拦路虎"，我干脆就"绕"过去。一位刚才还头枕着红薯沟坎、跷着二郎腿、闭着眼睛听得津津有味的大爷抬起身子，轻轻拍了下我的后脑勺，喂，小子，那声音怎么断了？我感到莫名其妙，顶撞他说，我没停呀！他见我没理解他的意思，指着那本书说，我不是说你的声音小，是说这书里的声音。

　　后来，我开始写作，很注意人物的语言和人物对话。我简单地认为，人物的语言和人物的对话才是声音。直到有一次电台播放我的作品，有位朋友听哭了，他问我，您写这篇小说时哭了吗？我很惊讶，问他，您怎么知道？他才告诉我他听着听着就哭了。我这才发现，一部文学作品真正的声音，并不仅仅是语言和对话，也并非什么人朗读时的艺术处理，而是作品中的人物和故事，当然也包括一些细节。从那时起，我告诫自己、要求自己，每写一部作品，都要让它发出声音，也就是通过自己塑造的人物、讲述的故事，使读者产生共鸣。

　　这也可以算作我的文学观。

持久方能深远

　　1976年唐山大地震，很多地方谈"震"色变。我所在的知青点搭起一排排防震棚，知青们晚上大都住在防震棚里。防震棚里一是人多，过于嘈杂；二是稻草地铺，没有桌椅。我一人躲在宿舍里写作。听到关于"近几天有地震"的传言，就趴在床底下写……多年后，和当年同宿舍的知青聚会，我把自己的几本书送给他们时，一位"室友"感慨地说，那时候就觉得你一定能成作家。久久为功，你坚持下来了。四十多年过去，我一直是"业余"创作。无论岗位如何变化，无论工作多么繁忙，无论处境怎样艰难，无论压力何等沉重，我从没停下手中的笔。有一次到京外调研，十天时间马不停蹄，回来后，除了按"规定"撰写调研报告，不久我出版了一本散文集。同行的同志无不惊讶：你小子天天晚上是在房间里"干私活"呀？还有一回随团出国考察，也是十天的时间，白天的行程安排得很满，我利用晚上的时间把那些触动我、感动我的人和事用散文随笔记下来，有时一晚上写一篇，有时一晚上写两三篇，回来不久，也出版了一本散文集。久而久之，创作成了我生活中的一部分，甚至说是生命的一部分。写长篇的时候，我给自己定一个规矩：白天不管多忙多累，晚上必须完成计划的写作任务。到出版社工作前，我以为到了出版社可能会有更多的时间搞创作。没想到绝大多数的白天（包括节假日）都用在了工作上，选题策划、作者交流、审读书稿、图书营销、文稿起草、理论学习、思政工作、日常事务……晚上回到家，吃罢饭把碗一推，坐到书桌前，打开电脑开始写作，往往一坐就是四五个小时。一个个、一行行文字，渐渐积累成几百万字。这几百万字，是心血的结晶，是时间的回报。我同时认为，这也是感情的收获。不能想象，一个作家对文学、对文字、对写作没有深厚的感情，不是发自内心地去爱，不是即使"业余"也当作一种事业去对待，怎么可能孜孜不倦，怎么可能身心投入？我曾读过一本写某位科学家的书，书中介绍这位伟大的科学家二十八年默默无闻搞研究。其实，哪个作家不是几十年如一日"爬格子"？

　　2012年2月22日，我曾在《文艺报》发表过长篇小说《漂二代》的创作谈《感情是现实主义创作的重要元素》。文学来自生活，是生活的反映或表现，在我看来，它更是作家感情的流露和体现。作家笔下的每一个人物、每一个故事，如果不是真正动了感情、倾注感情，很难让人物鲜活，很难让故事动人。而这种感情的积累相比起时间的累加，需要更持久、更深入。《漂二代》并非我第一次、更不是最后一次写生活在京城的"北漂"一族。这之前，我已经发表过中篇小说《北京户口》，这之后发表的"北漂"一族题材的小说更多，人物涉及洗车店小工、街头修鞋匠、搞环卫的、小区收破烂的、停车场收费的、高档写字楼里保洁的、拦车乞讨的、进京上访的、大学毕业漂在北京的……有人问我为什么对这样一个群体情有独钟，而且十多年来一直在写这类题材。其实我对这个问题的思考，说起来比这个时间更长，抑或说已有很长时间。改革开放，经济发展，大规模外来人口与大量的流动人口进入，让北京、上海、广州、深圳等大城市呈现出"杂色"，各种文化在此交流、碰撞、交汇和融合，使城市拥有了新鲜的活力和文化上的多样性。城市发展迫切需要大量的劳动者同时也是消费者，然而又排斥和拒绝外来人口享有同等待遇。上个世纪80年代后期、90年代初期，这些进城务工人员被称为"农民工"，甚至一度被称为"盲流"。我清楚记得，每到重大节日前夕，城市就开始驱赶这些"无户口、无房子、无固定职业"的"三无"人员。他们一个个、一群群从我面前走过时，投来的目光有无奈、有求助、有怨恨、有愤怒，让人不敢对视，叫人怦然心动。我单位一位大学毕业漂在北京的同事气愤地说："这叫什么事？我手头还有很多工作要做……"说着，眼泪夺眶而出。这种情景深深地印在了我的心灵深处。这种较为突出的不公平现象，给第一代进城务工的有过一定的影响，但并不是很大或者说不很严重。因为"进城打工挣点钱，回家盖新房子，改变一下生活现状"是大多数第一代进城务工人员的基本诉求。而对他们的后代即"漂二代"，无论是学习上、事业上、工作上、生活上特别是精神上的打击和危害是十分严重的。他们出生在城市，或很小的时候就跟着父母来到城市，尽管他们中有不少人住在廉价的出租屋里，但他们看到的是城市的天空，呼吸的是城市的空气，行走的是城市的大街，脑海中不停翻腾的是城市景象。更重要的一点是，不管他们的父母在城市从事哪一种工作，都是在为这座城市和城市的人服务，为这座城市出力流汗……忽然有一天，在入学、就业、购房、买车等事关他们切身利益的时候，因为户籍而遭到严厉和无情地拒绝，可以想象他们的痛苦、他们的不满、他们的无奈。索尔·贝娄曾将他笔下身份缺失的主人公称为"挂起来的人"，我把笔下这些人称为"漂着的人"。那几年，每年都有找我咨询或帮助给孩子找学校办入学的老乡、朋友。他们大都眼泪汪汪地说："孩子不送回去没书读，送回去又没法子照顾，这，不是难为人吗？"这就是我写中篇小说《北京户口》的生活来源。还是在十多年前，北京北四环外北沙滩桥下十字路口每天都可见到拦车乞讨的人群，虽然有人在驱赶他们，我想的是他们来自哪里，为什么冒险穿行在车流之中做这种事情？于是，我通过几次努力，终于约到一个男孩子。那天晚上，我和他坐在马路牙子上喝啤酒。红灯亮时，他起身去乞讨。每讨到一张面额不大的"票子"，他就会洋洋得意、眉飞色舞。渐渐地，又有几个孩子也凑了过来。他们互相调侃，互相嘲讽，互相对骂，开心起来好像生活并非不容易。听了他们不同的讲述，我了解了他们，理解了他们，同时也被深深地触动。此后，我对"京漂一族"投入了很多时间、很多精力，很多心血。中国作协组织的作家定点深入生活，我申请到北京市朝阳区重点采访和调研外来务工人员工作和生活情况。我认为，我关注的不是一个人，而是这样一个群体，一个庞大的群体，一个不容忽视的群体。当然，我不是简单地为这一群体贴标签，而是要提示身处于此一社会境况之下，他们的存在是无法回避的，也是不容忽略和忽视的。因为这样一个庞大的群体一旦从大城市消失，大城市的呼吸甚至生命健康都会受到严重影响。作为一种在阶层／政治规约下的经济／生活共同体的"北漂"一族，留给他们的，已经不仅仅是制度和社会问题，更是引发了深层次的内心选择和价值取向的精神危机。因而我认为，所谓底层立场和平民意识，其本身也是立体而丰富的，不能简单地归之于某种显而易见的倾向性。我试图将人物和事件本身所应面对的期许与反思、想望与审视统统呈现出来。当然，在写作的时候或者说在下笔的时候，在坚守底层立场和平民意识时，我努力保持理性审视的力量，以求使之从一种普通的情感，上升到心理层面的映射，甚至精神层面的反思。而且在写作过程中，我所着意侧重的是他们各自的个性乃至主体性，想写出他们身上的温情与爱意、恨仇与苦痛、困惑与迷惘、追求和向往。渐渐地，我与现实中的他们中的一些人有了感情，与我笔下的人物有了感情。这种感情，源于一个作家的社会责任感，同时源于一个作家对现实主义创作的理解。我所理解的"现实感"，其中所包含的意思，既有对生活实感和命运遭际的书写，又不乏对内心世界和精神体验的叙述。须知任何形式的现实主义，表面上看是关注外部世界现实状况的书写倾向，实际上，感情的介入往往同时掺杂其间，也唯其如此，才能避免对小说写作的简单化理解，才能还原事物本身的丰富性和立体感。

对类型生活的特定关注是我持续不断甚或有时是逐渐升温的写作尝试，尤其对底层人群的生活样态倾注了大部分的精力和笔力，这也许与我关注各种生存状态中的平民意识，以及在这个过程中不断流露的平民感情息息相关。如此这般的感触和思考，构成了某种难以名状的情结，一直萦绕在我的心中，挥之不去。直到今天，这个群体还是我持续投入情感、持续写作的对象，鲜活地走进了我的小说里。

中国特色社会主义进入了一个崭新而伟大的时代。"农民工"的称谓被"新市民"替代，大城市向他们敞开宽广和无私的胸怀，其中不少"漂一代""漂二代"跻身于各个领域、各个行业，有的事业有成，孩子们也可以同城市的孩子一样享受教育的机会，北京北沙滩十字路口拦车乞讨的人群早已消失了……然而，我发现文化融入还需要漫长的时间，这，就是我仍然在努力用文学反映和表现的推动力。

《我的家乡沂蒙山》创作谈

写革命历史不好写，一个是因为革命和战争文学的写作，在中国文学发展史中有很长的渊源，也是中国文学的重要主题和脉络，这是一口老井了，简单的挖法挖不出泉水，怎么以新的形式和方式，创生新的内容，这是我在开始写作《我的家乡沂蒙山》时意识到的难度；二是因为时过境迁，在当下的和平年代，怎么重塑革命形态和历史形象，召唤新的认同，展开新的想象，这个无疑需要越来越多的史实、材料等的重新融汇。

《我的家乡沂蒙山》这个小说讲述的是抗美援朝战争前夕，沂蒙山区赵家庄村的人民渴望和平、安定，又立誓保家卫国、参军赴战的故事。新中国成立不久，时间固然重新开始了，但还有不少来自内外的威胁，而且人们都在想方设法进行自新和重树。我在小说中从反对派的一则家喻户晓的传单出发，围绕着关于这张纸的误会与猜测，牵引出人们的言语、情态和故事。通过这种方式，将历史细节化、生活化，在细致入微的刻写里，传达人物的神态心理，这个过程要贴着历史写，又不能妨害小说的想象力，这为我的写作增添了很大的难度。

人们在共和国所建制的公共场域中成长，妇女识字班、党员大会等，这是新的"时间开始了"的含义，我想写出的是，每个共和国的个体得以在新的时代环境里，形成新的价值观念，构成新的道德意识。可以说，从旧社会过渡到新社会，人民成为了新的共同体，比如我在小说里借荷花的话写道："荷花接过话头说，咋没用！咱赵家庄村老百姓都签名、全中国老百姓都签名，码起来比长城还长，这阵势也能让美帝反动派心惊肉跳。"在这里面体现出20世纪50年代前后中国人民的战争思维、斗争哲学和革命伦理，更是人们日常的生活伦理。

自1840年始，中华民族经过了漫长的百年动荡，尤其沂蒙山区，更是饱受战争之苦，新中国成立后，人们渴望和平、向往安定的心情溢于言表。而对于生活在沂蒙山区的赵家庄村人来说，"打仗"是再熟悉不过的了。沂蒙山一直以来就是一个炮火硝烟没断过的大战场。抗日战争、解放战争，"小仗不间断，大仗没停过"。于是这里的人们希望过得平安、舒坦，吃得饱肚子、睡得踏实觉。这是人民的呼声。当然，这样的生活来之不易，而且也不是一蹴而就的，有时为了和平，还要付出抗争。为此，张大军参加了抗美援朝的志愿军，荷花也紧随其后，甚至包括整个沂蒙山区的民众，都在为战争与和平增添他们的一份力量。不仅如此，小说最后，咱赵家庄村民兵配合县区公安，一举捣毁了隐藏的特务团伙，没费一枪一弹就抓获了四名暗藏特务，缴获了一批枪支弹药。以及包括马猴子为非作歹，用绳子将郝运来捆着扔在牛草堆里，后者幸得牛吃草时嚼断绳子得以逃生等，可以说，对于这段历史，对于那些故事的还原和重新讲述，我在小说里，试图将多元的历史加以传递，将一个立体的丰富的精神个体呈现出来。

当下正是建党百年、全国范围内掀起学习党史热潮的时间，事实上，故事有极强的点染功能，讲好故事能起到点石成金的作用，如何能够讲好沂蒙山区的故事，讲好张大军、任丽娟等人为代表的慷慨赴战、舍生忘死的精神，对于凝聚我们的信念有着重要的作用。在这个过程中，沂蒙山区只是一个微缩和凝练，其中代表的是广大的中国人民保家卫国的民族精神，而更多的个体，甚至每一位平凡而伟大的中国民众，都在自己的能力范围内，为强大的中国提供新的现实的与精神的动能。鲁迅曾经在《且介亭杂文末集·这也是生活》中说道："无穷的远方，无数的人们，都和我有关。"在我看来，沂蒙山区是当代中国的重要缩影，小说讲述的故事只是一个开端而远远没有结束，而讲述的过程同样是一种召唤，这是很有意思的，召唤和复活有助于重建我们的历史记忆，唤醒我们的历史意识，重建我们的主体观念和精神意识。这同样是小说的意义所在。